一瞬を生きる君を、僕は永遠に忘れない。

冬野夜空

JN048147

STARTS
スターツ出版株式会社

僕は、あの雨の降る七夕の日、織姫に出会った。

目次

一瞬を生きる君を、僕は永遠に忘れない。

プロローグ

『ベガ』

あるポートレート専門のフォトコンテストの雑誌を眺めていると、特別掲載という枠組みの中に一枚の異質な写真を見つけた。

ほかに掲載されている、巧みな技術で撮られた美しいポートレートとはまったく異なるそれは、夏の夜空に輝く一等星《いっとうせい》を題とした写真であった。けれど、そのどこにも星が写っていることはなく、部屋の中で夕陽を背景にひとりの少女がこちらを向いているという写真だった。

ほかの作品たちと比べるとあまりにも稚拙《ちせつ》な写真だった。被写体《ひしゃたい》である少女のピントはずれていて、夕陽の光は少し飛んでいる。

技術をどうこう語るまでもないものだと言ってもいい。普通であれば、コンテストの雑誌に載ることはないだろう。

しかし、気がつくと私はその写真に魅入《みい》っていた。

写真の中の少女は流れる涙を気にも留めずに、一生懸命に笑っていた。まるで、自身の幸せを噛みしめるように。

長年、数多《あまた》の写真を見て吟味《ぎんみ》してきた私でも、こんなにも写真という媒体の本質を捉えた作品を見たことはない。

撮影者はきっと、この表情を逃さないように慌てて撮ったのだろう。でないと、こんなにもピントがずれることはないはずだ。撮影とは本来、落ち着いた環境下で集中して行うものであるはずなのに。

だからこそこの写真は、被写体が〝もっとも輝いている瞬間を抜き出す〟という一点において、どの作品よりも傑出《けっしゅつ》していた。

そんな瞬間を抜き取れるほどに少女を見続けてきたのであろう撮影者と、おおよそこの年齢の子どもには浮かべられないような含蓄《がんちく》のある笑顔の少女。この写真にはきっと、なにか大きな意味がある。

撮影の場ではどんな会話が交わされたのだろう。この写真を撮るまでにどんな過程を経たのだろう。私はそれが気になって仕方なかった。

その思いをどうしても捨てきれず、私は、雑誌の編集部を通して撮影者との接触を試みた。

――撮影者は、十七歳の男子高校生だそうだ。

驚いた。高校生に、このような写真が撮れるというのか。私が高校生の頃なんて、綺麗さにしかこだわらない表面上の写真しか撮れなかったというのに。

私は自身の写真家としての立場を用いて、撮影者である彼から話を聞くことに成功した。

彼は私からの電話に快く応じてくれた。彼は私に、写真の少女との約二カ月間の出来事を、本当に楽しそうに話してくれた。

そして、彼は最後にひとつ言い切った。

「僕はもう、カメラを手にすることはありません」

と。

第一章

「星の光ってね、ずっとずーっと昔の光なんだって。そんな光が、私には感情を浮かべているように見えるの。ほら見てっ、一等星が笑ったよ」

学校の屋上。校内では数少ない立ち入り禁止エリアにわざわざ僕を呼び出したクラスメイトの綾部《あやべ》香織《かおり》は、扉を開けると開口一番にそう言った。

僕には一瞥《いちべつ》もくれず、その視線は迷いなく空へと向けられている。

彼女に倣《なら》って僕も顔を上げるが、そこにはオレンジ色と群青色が広がる暮れ始めの空しかなかった。

「僕には笑顔のオットセイなんて見えないみたいだ」

僕が言うと、彼女は呆れたように溜息をついて、視線はそのままに僕の言葉を否定した。

「オットセイじゃないよ、一等星。もしかしたらオットセイの星座もあるかもしれないけど、私が言っているのは星のこと」

「星が笑ったの？」

「うん、そう。今のはかなりの大爆笑だったね。昨日やってた『笑いの神様』を見ていたに違いない。さすがの私も、笑いすぎてお腹よじれたもん」

僕は昨日放送していたお笑い番組を思い出す。彼女と同じ番組を見ていたことがなぜだかおもしろくなくて、ぶっきら棒に話を逸らした。

「それで、僕はどうしてこんなところに呼び出されているのさ。屋上って立ち入り禁止でしょ」

「ふっふっふ。それが私に限ってはそうでもないんだなぁ」

彼女は自信満々の笑みを湛《たた》えて、指をくるくると振り回した。彼女が指を動かすたびに、景色の中でなにかが光る。

「それは、鍵？」

「私は天文部だから、唯一屋上に出ることが許されてるんだ。いいでしょ。こうして星を眺めることこそが部活動ってこと」

「そう。なら活動の邪魔をしたね。僕はこれで失礼するよ」

僕がくるりと背を向けると、彼女が慌てたような声を出した。

「ちょちょちょ、待ってって！　君は私に話があるんでしょうが！」

不思議な言い草だ。自分から呼び出したくせに僕から話があるだなんて。

「君が僕に用事があるんじゃなくて？　あんなにもしつこく呼び出しておいて」

「まあ、それもそうなんだけど！」

僕の言葉を肯定しておきながら、彼女は口角の端を上げて言葉を続ける。

「でもここで帰ったら君の立場が危うくなるんじゃない？　私は口が軽いからなー、〝この間のこと〟を言いふらしちゃうかも。君は私に弁明することがあるよね？」

「はぁ……、わかったよ。僕は限りなく冤罪《えんざい》だと思うけど、君の話を聞いてあげる。それで？」

もったいをつけた言い方をしているけれど、彼女の言いたいことはわかっていた。

僕は趣味としてカメラを持ち歩いているのだけど、以前彼女の姿を無断で撮影してしまいそうになったことがある。きっとそのことを言っているんだろう。

たしかに学校中に僕が盗撮魔《とうさつま》だと吹聴《ふいちょう》されては、居づらくなってしまう。弁明は必要だ。

「君は私のことを盗撮しました。乙女の哀愁《あいしゅう》漂う姿を無断で撮影するなど大罪もいいところ。なので、その罪をなかったことにしてあげる代わりに、君は私の言うことをひとつだけ聞く義務があります」

裁判官よろしく、彼女は大層な物言いで僕への冤罪を糾弾《きゅうだん》した。

「なるほど、僕も謂《いわ》れのない不愉快な誹《そし》りを払拭《ふっしょく》できるのであれば、その取引はやぶさかではない」

仕方なく僕も彼女のノリに合わせてあげる。今彼女の機嫌を損ねたら、本当に僕が盗撮魔だという悪意に満ちた嘘が蔓延《まんえん》しかねない。それが成長しきる前に、芽は摘んでおくべきだ。

「あれ、そんなに素直に了承してくれるんだ？」

きょとん、という擬態語が似合いそうな間抜けな表情をしている彼女は、意外だと声を上げた。

「君が変な噂を立てないと約束してくれるのなら、一度くらい言うことを聞いてやってもいいってこと。その内容にもよるけれど」

「そかそか。嫌がりそうだなと思ってたから、ちょっとびっくりしちゃったよ」

彼女の言葉に胸中で嘆息《たんそく》をつきながら、話の続きを促す。

「それで、僕は君になにをすればいい。僕は僕のためになにをすればいい」

「いちいち嫌味な言い方するね君。それだから友達ができないんだよ」

「それこそ嫌味な言い方だ」

「あ、ほんとだ。ごめんごめん」

笑いながらそう言う彼女には、全然悪びれる様子がない。

「それで？　僕は早く部活に行きたいんだ。手短に済ませてほしい」

「そっか、部活があるのか。写真部だっけ」

「そうだけど、そんなことはいいから、早く用件を」

明らかに会話を引き延ばそうとする態度に苛立ちを覚え始めていると、彼女はそんな僕とは対照的な反応を見せた。

「えーっとね、いざ言うとなると恥ずかしいなぁ……」

えへへ、と俯きながら彼女は照れくさそうに笑う。

「恥ずかしい？」

普段教室で騒いでばっかりいる彼女の態度とは思えない。いったい彼女は僕になにをさせるつもりなのだろう。まったく想像できない。

「あのね」

「うん」

「私を撮って」

「うん？」

「だから、私の写真を撮ってほしいの。モデルっていうか、そういうのに応募したいなーとか思ってて、だから私のカメラマンになってほしいんだ！」

思い切りよく言ったあと、再び彼女は目を逸らす。ほんのり紅くなっている頬はきっと夕焼けのせいではない。

「そう、なんだ」

「あ、今、モデルなんて似合わないとか思ったでしょ！」

「うん」

僕は思わず頷いていた。

たしかに彼女は華がある。アーモンド形の瞳はくっきりと大きく、鼻筋も通っている。笑うと愛嬌《あいきょう》もあって、クラスでも人気者というのが僕の印象だ。

だけど、モデルというような華やかな仕事には興味がないと思っていたから、意外だった。まあ、彼女とはこれまでまったく関わりがなかったから、僕の客観的な意見に過ぎないのだけれど。

「失礼なやつー！」

「嘘を言っても仕方がないだろう」

「まあいいや、自分でも似合わないと思ってるし。それで、交渉は成立？」

「そうだね。僕の拙《つたな》い写真でよければ。ポートレートはほとんど撮ったことがないけど、僕からしたらいい練習の機会でもある」

モデルの素材は悪くない。これはポートレートを苦手としている僕にとっては願ってもいない話だ。こんな機会はなかなかないことだと、自分に言い聞かせた。

「よかったぁ。断られたらどうしようかと思ってたよ。うん、よかったよかった」

僕の返答に満足したのか、彼女は嬉しそうに何度も頷いている。そのたびに肩口で切り揃えられた艶やかな黒髪が揺れていた。

「それじゃあ、これからよろしくね。お互い〝君〟って呼び合ってるのも変だし、自己紹介しよっか」

「いいよ、そんなの。僕は君の名前を知っているし。君みたいな人気者は、クラスメイトの名前を把握しているんだろう」

「名前を知っているなら君呼びはやめてほしいんだけどなぁ。でもうん、私も知ってるよ。天野輝彦《あまのてるひこ》くん、でしょ。それにしても、意外。私のことなんか認識してないと思ってた。というか、天野くんはクラスメイトに興味がなさそうだよね」

「失礼な言い草だけど、その考えは間違っていないよ。ただ、僕はクラス内でも、関わりたくないなっていう騒がしい人の名前は、把握することにしているんだ」

皮肉を込めてそう言ってやると、彼女は愉快そうに笑った。

「あははは。そりゃ私は認識されているわけだ。でも、残念ながら関わり合っちゃったね」

「本当に残念ながらね。だから、僕の前では極力静かにしていてくれ」

「それは聞けない相談だなぁ。あはははっ」

彼女はとても楽しそうに、大袈裟《おおげさ》なほどに笑っていた。

騒がしい人とはできれば関わりたくない。いったいなにに対していつも笑っているのか、僕には理解できないから。彼女だってそうだ。なにがそんなにおもしろいのか、まったくわからない。

けれど彼女の笑い方を見ていると、なぜだか僕も釣られて笑いそうになってしまう。もしも彼女のように笑えたら、僕の毎日はもう少し楽しくなるのかもしれない。そんなことを、なんとなく思った。

「それじゃあ、これからよろしくね、天野輝彦くん」

「こちらこそ、綾部かおるさん」

「こら！　それは誤認だよ！　私の名前は綾部香織。把握しきれてないじゃん！」

意図的に名前を間違えられても、笑顔のまま文句を垂らす。彼女は自分の名前を間違われることさえも、楽しく考えられてしまうような人なのかもしれない。

「それはそれは。大変失礼致しました」

僕がわざとらしく頭を下げると、彼女は再び大袈裟に笑った。

携帯電話で時間を確認すると、すでに部活動が始まって半分が経過していた。大遅刻だ。

「僕はもう行くよ」

「付き合ってくれてありがとー。部活頑張ってね」

「それじゃあ」

彼女が手を振っているのは背を向けていてもわかったけれど、僕は躊躇《ためら》いなく屋上のドアへと向かっていく。しかし、そのドアを開けたとき、タイミングを見計らったかのように彼女が口を開いた。それは僕に声をかけるというよりも、一方的に言い放つようだった。

「次の日曜日の午後一時、学校の最寄りの駅前に集合ね」

こちらのスケジュールを考慮しない物言いに文句のひとつも言いたくなったけれど、僕は聞こえないふりをしてドアを閉めた。彼女だって端《はな》から僕の同意なんて求めていないだろう。そういう勝手な人なんだと、僕の中で彼女への認識が強まっていた。

廊下の窓越しに映る空は、先ほどと比べるとオレンジより群青の割合が増していて、薄っすらと星が光って見えている。

そういえば、星が笑ったと彼女は言っていた。星の輝きに対しての比喩《ひゆ》なのだろうけど、それは感情の起伏が激しそうな彼女には似つかわしい喩《たと》えだと思った。

星の観測者である彼女もまた、望遠鏡を覗き天体を映し出す、言わばカメラマンだ。シャッターこそ切らないものの、星に表情を読み取る彼女は、僕がファインダー越しに見ている景色よりも、ずっと豊かな感情を捉えているのかもしれない。

そう思ってみると、ならモデル側になった彼女はどんな表情を覗かせるのか、そんな興味が湧いた。

……日曜日の約束を、聞いたことにしてもいいかなという気持ちが、少しだけ芽生えた。

僕らは、カメラマンとモデルの関係なのだから。

＊＊＊

すべては、あの日の僕の気まぐれがきっかけだったのかもしれない。

「輝彦が自分からイベントに参加するなんて、珍しいこともあるんだな。明日は花火でも降るんじゃないか？」

「いいや、今から花火を見に行くんだよ。雨が降っている中にね」

僕の唯一にして無二の友人である幼馴染の有田塁《ありたるい》は、僕の提案を耳にすると目を丸くして、おもしろそうに驚いた。クラスや部活は違うけれど、いつも行動をともにしてくれる塁にとっても、僕の発言は意外なものだったらしい。

そこには理由なんてない。運命に引き寄せられたわけでも、確固たる意志があったわけでもない。

騒がしい場所が苦手で、人が多い場所や催《もよお》しなどのことごとくを避ける人種である僕が、自ら「雨の中の花火を見に行こう」と言い出すなんて。そんなのは気まぐれというほかなかった。

七月七日。七夕に行われる競馬場での花火大会。屋台は出ないが競馬場の観客席から花火が間近で見られるという、鑑賞に適したものだった。そこで雨でも花火を打ち上げる、という情報を耳にしたとき、珍しい光景が撮れるかも、と頭に浮かんだのだ。

人の混み合う観客席を離れ、ゆとりのある空間を探した僕が辿り着いたのは、普段なら馬が走っているコース内だった。ここも花火大会に際して開放されているらしい。雨を凌《しの》げないこの場所に人は少なく、僕にとって都合のいい観賞場となっていた。ぬかるんだ足もとに十分注意しながら適切な場所を探していると、心臓まで届くようなひとつの大きな破裂音が響いた。

それは、大衆のカウントダウンの末に打ち上げられた、一発目の花火。

けれど、僕の背丈が足りないのか、周囲の気遣いが足りないのか、高く乱雑に並んだ傘の群れが、僕の視界から大輪の花火を遮っていた。

背丈に自信のある幼馴染は、僕を置いて室内へ飲み物を買いに行っている。どうやら自力でどうにかするしかないようだった。

僕は傘を左手に、カメラを右手に、いい撮影スポットを見つけるべく、軽やかな動作で進む。

早く撮りたい、と僕の琴線《きんせん》を揺さぶる花火の破裂音が響く中、人の合間を縫うように歩き回る僕の足は、ある瞬間に停止した。

「…………っ」

その姿を目にしたとき、息を呑んだ。

無意識に、カメラを構えていた。

ファインダーを覗き、ピントを合わせ、対象を見定める。罪の意識は欠片《かけら》もなかった。ただ僕は、カメラを持つ者として収めたい情景を収めようとしただけ。

ただ美しいと、そう感じた。

雨とピントのずれでファインダーの中の世界はほとんどがぼやけている。けれど、その中にただひとり、ピントが合った浴衣姿の女性がいた。

女性の持つ透明のビニール傘越しに花火が映り、まるで和傘《わがさ》を手にしているかのように美しい。そして女性の端正な横顔は切なげに花火を見上げていて、その立ち姿の端々までもが一枚の作品として完成されているように思えてならなかった。

言ってみれば、女性がビニール傘を差しながら花火を見上げているだけだ。たったそれだけだったのに、その光景は僕の足を止めさせ、視線と心を奪った。悲哀さを帯びた横顔とぼやけた花火が、僕を魅入らせた。

これが僕の求めていた絵だというように、カメラを構えてからシャッターボタンに指をかけるまでに、一秒もかからなかったと思う。

けれど、シャッターが切られることはなかった。

「ねえ」

そんな呼びかけの声とともに、被写体が僕の方へと向いたからだ。

そして同時に、自分の罪を自覚した。未遂ではあるけれど。

「盗撮って、たしか犯罪だったよね？」

振り返った女性は僕の見知った人、学校のクラスメイトだった。

翌朝、僕は教室で彼女に話しかけられた。

――弁明があるなら放課後、屋上に来て。


思い出すのも嫌なほど苦い記憶なので、割愛《かつあい》したいところだけど仕方なく。

それから彼女の指定した放課後になるまで、クラス内で物静かという印象を定着させている僕に、普段から人にかこまれるような人気者の彼女がしつこく話しかけてくるものだから、クラス中が疑問符を浮かべていた。

けれど彼女の奔放さはすさまじく、周囲の疑問にも僕の訴えにも一切答えることはなく、結果として『放課後必ず屋上に行く』という、半ば強制的な約束をさせられた。

そしてそれによって、クラス内は落ち着きを取り戻したのだった。

その日が僕の人生において最も注目を浴びた日かもしれない。極力静かに過ごしていたい僕としては、目立つなんてことはもってのほかだ。しかし、その後も彼女が気安く話しかけてくるものだから、僕は学校内で好奇な視線を浴びせられた。その数日間のことは、あまり思い出したくない。

気まぐれで行動しちゃいけない。行動するなら受動的に。自らしてはいけない。

それが僕の得た教訓だった。

＊　＊　＊

あの日、僕があんな行動を取らなければ、駅前で予定の三十分も遅刻しているクラスメイトを待ってなんかいなかったはずだ。

持参してきた水筒の中身がすでに半分も消費されていることが、夏の到来を感じさせた。

アスファルトの上に三十分。それだけで身体中が汗ばみ、その失った水分を欲する。ましてや雨が過ぎたあとの快晴だ、よけいに暑い。

別に彼女の言葉に了承したわけではなかったから、ここに来ないという選択もできただろうが、それでも彼女に指定された日時をすっぽかすことはしなかった。ここに来ないことにより、また変な言いがかりをつけられたほうがたまったものではない。

けれど、僕は自分の思慮《しりょ》が欠けていたことをひどく痛感する。

約束を守るのは人として当然だ。そんな僕の当たり前が、彼女には当てはまらないのかもしれない。もしかしなくとも、彼女はずいぶんと自分勝手な人間なのではないだろうか。

受動的に行動するという教訓を得たばかりだけど、彼女のリズムに合わせることは骨が折れそうだった。ただ、この暑さで折れるどころか骨が溶けてしまっては世話がない。もう三十分待っても来なかったら帰宅しよう。

そう決意したとき、揺らめく陽炎《かげろう》の向こうから僕の待ち人がふらふらと歩いてきていることに気づいた。

「ごめんなさい……、遅れましたぁー」

彼女は明らかに疲労困憊《こんぱい》の様相を呈《てい》していて、三十分待たされた僕よりも汗をかいていた。

黒のノースリーブに、白を基調とした花柄の長いプリーツスカート。薄手の生地のロングスカートは夏らしさを演出し、胸元に光る小ぶりのネックレスは華のある彼女の表情をさらに際立たせているように見える。流行に無頓着《むとんちゃく》な僕が見てもおしゃれだと思わせる服装なのに、その魅力すべてをもったいないと思わせるくらいに、彼女は疲れきっていた。

「どうしたの、そんなに汗かいて」

僕の問いかけには答えず、彼女は僕の右手に焦点を合わせている。その視線を追っている間に、彼女は僕の手から水筒を奪い取り、そのまま中身をぐびぐびと飲んだ。

「それ、僕のなんだけど……」

なんということだろう、返ってきた水筒の中身は無に等しかった。人のことを夏のアスファルトに三十分も待たせておきながら、あまつさえ貴重な水分まで奪うなんて。僕に恨みでもあるんだろうか。僕はたった今彼女に恨みが生まれたところだ。

「ふぅー。ありがと、助かったよー。ってことでついでにカリカリ君も買ってきて」

その上アイスまでもねだってくる彼女を無視し、遅刻の理由を促す。

「いやぁね？　男の子とふたりでお出かけだーっと思って、わりと気合入れて準備してたんだけどさ、その隙に我が家に一台しかない自転車を兄に乗っていかれちゃったんだよね……」

「それでここまで歩いてきたんだ」

「そうそう。家からだと歩いて三十分以上かかっちゃうからさ。ごめんね、遅れちゃって」

肩を竦《すく》めながら両手を合わせて申し訳なさそうに微笑む彼女。罪悪感は一応あるようだった。僕は小さく溜息をついてから中身がほとんどなくなった水筒を鞄に戻す。

「いいよ。ちゃんと来てくれたんだから」

「それは私のセリフなんだけどね。天野くん、約束の時間になっても私が来なかったら平気で帰っちゃいそうだし。というか、そもそも今日来てくれるか心配だったから」

彼女の言う通り、たしかにここに来るか迷う気持ちもあった。けれど、仮にも僕は彼女の『カメラマンになってほしい』という要請を受けたのだから、来ないわけにはいかない。これは、僕の撮影の技量を向上させるいい機会でもあるのだから。

「それで、今日はどうするの」

「まず、天野くんはお昼食べた？」

「まあ一応」

「だよね、そういう人だと思ってた」

彼女は妙に納得するように頷いた。

「どうして？」

「もし天野くんが食べてこなかったときのために、一応抜いてきたってだけ」

そういうことか。僕の場合、関わりの多い相手というのは家族と塁に限るから、そこまでの考慮なんて微塵もできていなかった。こういうところに、普段関わることのなかった彼女との違いを感じる。

「……ごめん、なにも考えていなかった」

「気にしなくていいからね。一時に集合ってことだったんだから食べてくるのは普通のことなんだし」

「次からは気をつけるよ」

「うん！　今度は一緒に食べようね。というか、そんなことより目的地向かおっ！」

次の約束を取りつけられてしまったからには、本当に気をつけておかなければいけなさそうだ。

「目的地って？　撮影、学校の近くでするんじゃないの？」

「それじゃあ、行こっか」

「どこにさ」

「君の人間性をたしかめに、だよ」

それを聞いてぎょっとした。やはり彼女はまだ僕のことを盗撮魔だと疑っているのだろうか。

しかし、僕の様子なんて意に介さないとでも言うように、彼女は僕の腕を掴んでそのまま駅構内に引っ張っていく。

「待って、電車に乗るの？」

「そうだよ」

「ならチャージするか、切符を買ってくるから」

「いいの、私に任せなさい」

改札を通る手段を持ち合わせていない僕を、なおのこと引っ張り続ける彼女。傍から見れば、女子に無理やり連れ回される情けない男に映っていることだろう。周りの視線が気にはなったけれど、すでにどうにでもなれという諦めを抱いていた。

「はい、天野くんはこれ使って」

改札の前で彼女が僕に差し出したのは、交通系電子マネーのカードだった。

「これは？　君のはあるの？」

「もちろん。それは天野くんの」

「どういうこと」

「んー、簡単に言えば君のために作ったの。私と出かけるときのためにね」

空いた口が塞がらない、とはまさにこのことだろう。呆気に取られていると、そそくさと彼女が改札を抜けてしまったので、仕方なく譲り受けたカードを使う。

「って、なにこれ」

改札に表示されたカード残高が、僕の見間違いでなければ【二万円】と表示されていた。想定していたよりもゼロの数がひとつ多い。

「どうしたのー、早くー」

彼女には『待つ』という行動概念がないのかもしれない。僕が眉をひそめて首を傾げる様子を、いろいろな角度から観察して楽しんでいた。

「この残高、なに？」

「いやぁ、この電子マネーって二万円までしか入らないみたいでさー」

「さすがにこんな額は受け取れない」

「そんなの気にしないで。これからいろんな場所に行くんだから、むしろ足りないくらいだよ」

彼女は国境でも越えるつもりなのだろうか。

たしかに写真を撮るときは背景が大事になるけれど、ここまでとはさすがに思ってもいなかった。僕は彼女の本気のほどを理解していないのかもしれない。

「とりあえず、行こう？」

彼女に促され、僕はこれからどうなるのかと半ば恐怖を抱きながら電車に乗った。

やはり、受動的を良しとする僕でも彼女の意は汲み取れなさそうだ。

「お金はいつか絶対返すから」

そう宣言することが今の精一杯だった。


彼女は終点まで下車することはなかった。僕らの降り立った駅は全国で二番目に乗降者数の多い駅だそうだ。

そして、そんな街の人の多さと夏の暑さは、僕を辟易《へきえき》とさせるには十分すぎるエネルギーを充満させていた。どうしてこう、彼女のような騒がしい人種は自ら喧騒《けんそう》と人混みの海に飛び込もうとするのだろう。夏だからと言っても、飛び込む海を履き違えている。

「うひゃー、暑いねー。とうとう夏が本気出してきたかぁ！」

そうは言うけれど、彼女の溌溂《はつらつ》とした佇まいも、この陽射しには負けていない気がする。

けれど、彼女の感想通り今日は梅雨明けということもあって、感じる暑さは気温以上だった。

「夏って毎年こんなに暑かったっけ」

「ほんと、夏本番の八月とかどうなっちゃうんだろうね。華奢《きゃしゃ》な私なんか溶けちゃいそうだよー」

「君はバターかなにかなの？」

「そうさ、君というパンに塗りたくるためのバターなのさ」

「僕、脂っこいものは苦手なんだ」

そうやって苛つかせるための言葉を放っても、彼女は怒るどころか楽しそうに大きく笑っていた。

彼女は僕の苦手な人種であるはずなのに、どうしてか会話が成立している。苦手なタイプなのはたしかなのだけど、それでも不思議と既視感というか、彼女との会話に慣れている感覚があった。

会話に付き合ってあげていると、どうやら目的地に到着したみたいだ。

そこは、この街で最も有名なレジャー施設だった。施設の名前も夏の太陽光を彷彿《ほうふつ》とさせるみたいで、なんかこう、憂鬱《ゆううつ》だ。

「そうだ、僕はこれから用事があったんだった」

「なに言ってるの、本当にあったとしても帰すわけないでしょ」

「……僕、こういう場所は苦手なんだよ」

「きっと楽しいよ！」

「だから苦手だって……」

「だから楽しいんだって！」

僕の意見なんか微塵も取り入れる気のない彼女の様子に諦めて、施設に足を踏み入れる。地下に続くエスカレーターに乗ると、次第に冷えた空気に包まれ、それが心地よくて頬が緩んでしまう。

てっきり僕は、この施設で有名な水族館にでも行ってそこで写真撮影をするのかと思っていた。だけど、彼女の目指していた目的地は、おおよそ撮影なんてできないであろう場所だった。

「どうして僕は天井を見つめているのさ」

「私の好きな場所だからだよ」

「撮影なんてできる環境じゃないよ」

「それよりもまず、君の人間性を知る必要があるの。カメラマンとして本当に頼んでいいのかってね。人を見定めたいときは、ここに来るようにしてるんだ」

連れてこられたのはプラネタリウム。天文部の彼女らしい場所ではあるが、僕とふたりで来るようなところではなかった。僕らはカメラマンとモデルの関係だ。

「プラネタリウムで人間性を知るって、そんなことができるの？」

「まあまずは純粋に、この人工満点の星空を楽しむところからだよ」

「人工満点って、その言い方はなんか嫌だね。満天の星っていうより、人工感満載って意味で聞こえる」

「だってそう言ってるんだもん」

「………」

「ほら、始まるよ」

彼女がそう呟いたと同時に周囲の喧騒は静まり、徐々に照明が暗転していくことで視覚と聴覚への刺激が遠ざかる。唯一感知できるのは微かな彼女の息遣いだけ。

静寂の中、頭上に広がるスクリーンに星空が映し出されるのを待っていると、ほど良い柑橘系の香りのアロマが嗅覚をくすぐる。プラネタリウムはヒーリング効果も狙っているみたいで、思いの外快適な環境だ。

少しすると館内の天井一面が星空に覆われた。次いで落ち着きのある男性のナレーションが、ひとつひとつ丁寧に星座の説明をしてくれる。初夏ということもあり夏の星座がほとんどだった。

教室ではいつも笑い声を響かせている彼女だけど、この星空の前には無垢《むく》な少女といった様子で、真摯《しんし》に頭上を見続けていた。てっきり彼女はこういった静かな場所でも、僕の中で印象づいている騒がしい綾部香織節全開でくるのかと思っていたので、少しだけ驚いた。

天体の知識に乏しいことと、心地のいい環境から、睡魔に襲われてしまうのではないかと懸念していたのだが、それは杞憂《きゆう》だったようだ。

ナレーションの内容は初心者の僕が聞いても実に興味深いものだった。特に輝きの強い一等星はとても綺麗で、それをメインとする星座は写真に収めてみたいと思った。今まで撮ったことはないけど、星空というのも撮影し甲斐がありそうだ。

四十五分の上映はあっという間に終わった。彼女の様子なんて最初以降気にもせずにのめり込んでしまっていた。

「ふぅー、終わったー」

「うん」

身体を伸ばしている彼女を横目に、僕はしみじみと先ほどの星空を思い返していた。夏の大三角の説明からはじまり、赤く光るさそり座、ひと際明るいスピカ、その辺りにあるおとめ座。そんな偽物の星空でも、無数にある星と星が繋がってひとつの星座になっている様は、あらためて考えると途方もなくすごいことだと思った。

プラネタリウムを見たのは実は初めてだった。なんとなく、映画を見終わったあとの感覚と似ている。しかし映画のように「楽しかった」などの明確な感想は出てこない。ただ、「よかった」という言葉だけしか思い浮かばなかった。

「どうだった？　プラネタリウム」

「よかった」

本当に、そのひとことしか出てこないからそう言ったが、仮にも彼女の好きな場所なのに適当な感想を言ったと思われるんじゃないか。そう思った。だけど彼女はにっこりと笑っていた。

「よかったぁ」

「真似しないでくれる？」

「違うよ、君によかったって思ってもらえてよかったなって。それに、君がそういう人でよかったなって」

ホッとしたように彼女は安堵の笑みを見せる。

「そういう人？」

「うん。そういう人。私ってさ自分勝手だから」

「ああ、自覚はあったんだ」

「うるさい。私が話してる途中なんだから口を挟まないで」

ついつい言葉を遮ると、彼女は心底不愉快そうな顔をした。

「まあそういうことだから、私は私の好きなものを好きになってくれる人としか仲良くできないの」

自分が好きなものを好きになってくれる人、とは、たしかに自分勝手な言い分だ。けれど、それも彼女の星に対する思いの裏返しなのかもしれない。好きなものを好きになってほしいという気持ちはわからないでもない。僕だって塁にカメラを教えたことがあったのだから。

「だけど、もし君がプラネタリウムに興味がないって言っても、私はここに何度だって連れてきたと思う。君がプラネタリウムを好きになるまでね」

「本当に君は自分勝手だ」

「うん、だから寝ておけばよかった、なんて思っても無駄だよ」

「僕には最初から選択肢がなかったのか」

「そういうこと。君が私を撮る未来は、すでに確定していたってことさ」

「大層な物言いだね……。でも君の言っていた、プラネタリウムで人間性を知るって意味はわかったよ」

「うん、君は大合格！ 興味ない人はすぐに寝ちゃうからねぇ」

我が物顔でにやついた彼女の笑みに少し悔しくなるが、よかったと思ったことは本当だ。

「正直に言うと、プラネタリウムにあまり興味はなかったんだ。君が最初に言っていたように人工的なものだし、写真を撮る僕にとっては、自然のものが一番だと思っているから。でも、星座の説明を聞きながら見ていると、存外おもしろいものだった」

「そっかぁ、うんうん」

彼女は満足したと言うように何度も頷く。

「なら、もうひとつ興味をそそられること教えてあげる」

「なに？」

「私ってね、ベガなの。夏の大三角のうちのひとつ、そのベガなんだ」

「どういうこと？」

自分のことを星だなんて、ずいぶん大仰《おおぎょう》なことを言う。

「そういえば、君はこの前星が笑ってる、なんて言ってたね。それは君自身が星だから感情がわかるってこと？」

少し馬鹿にするように皮肉を込めて僕が言うと、彼女は薄く笑った。

「星に、なれればいいんだけどね。でもそうじゃなくって、私の星って言えばいいのかな」

彼女は一瞬言葉に迷う素振りを見せながらも続ける。

「誕生石ってあるでしょ？　月ごとに決まってるやつ。星の場合はね、三六五日全部に誕生星があるの。私の誕生星はベガで、星言葉は『心が穏やかな楽天家』。ね、私らしいでしょ？　私を象徴する星がベガなの」

ベガは星々の中でも強い光を放っている一等星。先ほどの説明ではそう言われていた。なんだかずいぶんと傲慢な言い分に聞こえたけれど、話す彼女の横顔は少し切なそうだった。

「自分を象徴する星が一等星のベガだなんて、君はよっぽど自信家なんだね。それとも謙虚さの持ち合わせがないだけ？」

たしかにいつも人にかこまれている彼女は、ほかの目立たない星々の光を飲み込んでしまう一等星みたいではあるけれど。

「そんなものないですー。私の持ち合わせてるものなんて笑顔くらいだからね」

謙虚さがないのはさすがに自覚しているみたいだった。笑顔だけというのもどうかと思うけど、フォローを入れられるほど、僕はまだ彼女のことを知らない。

「それにしても、ベガが一等星だってよく知ってるね。もしかして私に興味持った?」

「いや別に。さっきのプラネタリウムでベガのことも説明していたから」

「そこはうそでも肯定してくれなきゃ。人付き合いってそういうものなんだよ」

「なら、僕は人付き合いなんてしなくていい。というか、ああ、ベガってもしかしてそういうこと」

「どういうこと?」

「もしかして自分のことを織姫だって言いたいの?」

「あ、知ってたんだ!」

「それもさっき言っていたからね。一応忠告しておくけど、それをほかの人に言わないほうがいいよ」

もしも自分で「私は織姫だ」なんて公言していたら自意識過剰の変な人だと思われるだろう。

「どうして? もうけっこう言ってるし、織姫って呼んでくれる友達もいるよー」

なんともないような顔で彼女が言う。屋上に呼び出されたときから薄々感じてはいたけれど、僕はただのクラスメイトとして見ていた彼女のことを、ある意味で見誤っていたのかもしれない。

「わかった。君って自意識過剰なんだ」

「失礼しちゃうなー。呼ばせてるとかじゃないよ？　私の名前は綾部香織。織って入っているところとか、あや〝べか〟おりの部分とか、そこはかとなくベガっぽいでしょ？　あとはさっきも言ったけど誕生星のことかな」

「無理があると思うけど、ベガに所縁《ゆかり》があることだけはわかったよ」

一応は関連づいた理由があるようだ。ただのこじつけにも感じられるけど。

「まあ織姫様って言っても、相方の彦星様が見つかってないんだけどねー」

彼女が立ち上がって出口に向かう。ほかの客は、ほとんど部屋から出ているようだった。

「そっか、見つかるといいね」

この手の話に僕は疎《うと》いし、心底興味がなかったので片手間に返答する。

「適当に言ってー。もっと親身になってくれてもいいじゃーん」

「それは君の問題であって、僕には関係ないでしょ」

「わからないよ？　君にも関係あることかもしれない」

「……どういうこと？」

「んーん、なんでもなーい」

彼女の発言は時々その真意が読み取れない。だけど彼女のカメラマンとして関わっていくのなら、そういうところを映し出していかなければいけないのかなと思った。

「そういえば、写真をまだ撮ってないよね」

自分の思考から本来の目的を思い出す。プラネタリウムに夢中になっていたせいですっかり失念していた。

鞄の中を覗くと、そこには本日一度も使われていないカメラが入っていた。鞄の底に佇むカメラは鈍く光り、シャッターを切るのをいまかいまかと待っているような気がした。

「今日はいいの。撮影は次からね。それより夜ご飯食べに行こうよ！」

彼女は僕らの目的、もとい関係を弁《わきま》えているのだろうか。ここまで付き合ってしまっている僕が言えたことではないが、僕たちは遊びに来ているわけではない。

と、そんなことを言っても仕方がない。モデルに撮られる気がないというのなら、カメラは構えられない。今日はちゃんとした意味での顔合わせと思えば、意義があるように感じられた。

「あー、言いにくいんだけどごめん。夜も一緒には行けないんだ」

昼も申し訳ないことをした手前断りづらかったが、今日は食事を一緒にすることはできない。僕は母とふたりで暮らしていて、食事を作るのが交代制になっているのだ。今日は僕が当番だから早く家に帰って夕食の準備をしなければならない。

「えー！　楽しみにしてたのにー」

「今日は早めに帰らなきゃいけないんだ」

「うーんまあ、それなら仕方ないね」

彼女にしては聞き分けが良く思えた。

そのあとは学校の最寄り駅までふたりで戻り、解散となった。

昼もしたというのに、次は一緒にご飯を食べようという約束をさせられたが、それで彼女が納得してくれるのならいいと思うことにした。でなければ、ほかになにを要求されるかわかったものではない。

どうやら次も出かける機会があるらしい。交通系電子マネーにチャージした金額をすべて使うつもりだと彼女は言っていたけど、果たして彼女はどこまで行ってしまうのだろうか。というか僕はどこまで連れていかれてしまうのだろうか。

しかし不思議なことに、それでもいいと思っていた。楽観的というわけではなく、単純に彼女のことを撮ってみたいという気持ちが芽生えたからだ。

ほとんどが笑顔の彼女だけれど、だからこそ不意に覗かせるほかの表情が印象に残っている。星を語るときの表情の端々に現れる切なげな瞳や、拗ねたりするときに膨らむ頬、そんなふうにコロコロと表情が様変わりする彼女は、撮り甲斐がありそうだと思った。

そしてなにより、あの日花火大会で見たような彼女の姿を、次こそは写真に収めたい。どうしてか、以前よりもそう思うようになっていた。

「母さん、できたよ」

「ありがとー」

僕が夕食を作り終えた頃、母は闘病生活を追ったドキュメンタリー番組を視聴していた。

これは僕の偏見だけど、母は看護師をしているのに、なぜだかこういった難病ものの映像に弱い。今にも零《こぼ》れんばかりの涙を目尻に溜めている。

「お父さんが亡くなってから、もうすぐ四年が経つね」

食卓に着いた母は、見ていた番組に影響されてかそんなことをぽつりと呟くように言った。

父は僕が中学一年生の頃に亡くなった。子どもから見ても引いてしまうほどに仲睦《むつ》まじい両親だった。だから、父が亡くなったことは、僕よりも母のほうがショックだっただろう。母は、毎年この時期がくると感傷的になる。

「……そうだね」

「今年の命日、お墓参りのあと輝彦はどうするの？」

「毎年悲しそうにしている母さんのそばにいてあげようかと」

「輝彦〜！」

先ほどまではめていた枷《かせ》を外したのか、涙を垂れ流しにした母が食卓を挟んで僕に抱きつこうとしてくる。

こんな姿を見てしまえば、僕は次の土曜日、七月二十日は母と一緒にいてあげるしかないだろう。

「母さん、涙と鼻水拭いて。ご飯に落ちそう」

「んあぁ、ごめんねぇ」

涙まみれの顔を拭いている母に、僕は以前から思っていた疑問を吐《は》いていた。

「こう言っていいのかわからないけど、看護師って普通の人よりは『人の死』に慣れていそうだから、この手のドキュメンタリーには強そうなイメージがあるけど、母さん弱いよね？」

そう言って、今も続いている番組に目を向ける。

「なんというか別物なの。こういうのはどうしても綺麗なところだけを切り取って放送しているから、本物より良くも悪くも感動的というか。実際は残されたご家族の辛そうな姿を見ていると泣いてなんていられないのよ。私たちが泣いたって、ご家族は救われないんだから」

今までずびずびと泣いていた母が急に真面目な声を出す。経験者は語る、だ。言葉の説得力が違う。

「でも、若い子の病気というのはどうしてもやるせない気持ちになってしまうけど」

家ではあまり仕事のことを話さない母だけれど、その言葉に僕も頷いた。

僕は今、大きな不自由もなく生活しているけれど、病気になったらこれから得るだろう経験や思い出に制限がかかるのだ。それはとても不運なことだと思う。

ふと彼女のことを考えた。彼女は、このテレビに映る病人の女の子とはまるで違うなと思う。

医師から言われた範囲内での自由しか与えられない、そんな生活は、あの騒がしい彼女からしたら窮屈で仕方ないだろう。

それでも彼女のことだ、もしかしたら制限なんて無視して好き勝手しているかもしれない。

「さすがに病気になったらそんなことしないか」

そうは思っても、狭苦しい病室で堪え切れないとばかりに騒ぐ彼女の姿は、容易に想像できた。

それにしても、写真か。今日は撮れなかったけれど、これからはきっとシャッターを切る回数だって増えていくはずだ。

写真にだって種類はたくさんある。彼女が求めているファッションモデルのような華やかなものや芸術的センスを問われるもの、そして闘病生活を追う現実を映すような写真など。

僕は、父の死後にそのカメラを継いだ。

母の職場の病院をよく訪れていた父は、趣味のカメラを持っていくことが多く、夫ということもあり、たびたび患者に撮影の依頼をされていた。

あの頃、父がなにを思ってシャッターを切っていたのかはわからない。ただ、ひとつ言えることは、父は偉大なカメラマンだったということだ。

父の写真に写る人たちは皆笑顔を咲かせていた。病院だろうと、患者だろうと関係なく。僕はそんな父の写真がとても好きだった。だから僕は写真を撮り続けているのかもしれない。父の面影を追うようにして。

「写真を撮る意味……」

その夜、人を撮る意味について少し考えてみた。

僕はポートレートを撮ったことがほとんどない。人ばかり撮っていた父とは対照的だった。父のカメラを継いでいるのに、人を写していない。

その理由は簡単だ。僕はポートレートを撮ることに抵抗がある。父は偉大な写真家だったけれど、自分が父と同じようにできる自信なんて欠片もなかった。

技量を試す機会だと自分に言い聞かせて彼女の話を承諾したけれど、やはり自信はなかった。
僕は彼女の良さを引き出せるのだろうか。
彼女のカメラマンが務まるのだろうか。

第二章

「綾部香織ってどんな人？」

「珍しいな、輝彦が他人に興味を持つなんて」

「いやまあなんというか、興味を持たざるを得なくなったんだよ」

放課後、暇をつぶしに塁は僕の部活についてきていた。交友関係の広い彼なら知っているだろうと彼女のことを聞いてみたのだ。

「綾部かー。そうだな、あいつは星みたいなやつだ」

その答えに少し驚きを覚えた。聞かれてすぐに彼女と星を関連づけられるあたり、塁は僕の想像以上に彼女のことを知っているのかもしれない。彼女が天文部だと知っての言葉だろうか。

「星みたい？」

「ああ。一面に広がる夜空の中の、それもたくさんある星のうちのひとつ。それって、ちっぽけだと思うかもしれないけど、間違いなくひとつの星として輝いてる。綾部はそういうやつだ」

目の前の男は、さらりとそんなことを言ってのけた。

塁は小学生の頃からの友人で、数少ない僕の理解者だ。父が亡くなったときだって、塁がいなかったら僕は立ち直れなかったかもしれない。ずっと部屋に閉じこもっていた僕を、塁は毎日部屋に来て励まし続けてくれた。わざとなのか天然なのか、含みのあることやキザなことを平気な顔で言うようなやつではあるけど、塁の言葉にはたしかに人を導くような力がある。

「よくわからないな」

「とにかく、あいつはおもしろい」

そんな塁をやっかむ奴もいるけれど、人望や信頼に厚く、慕っている人は男女問わず多い。有体《ありてい》に言って塁はモテる。

モテると言っても、色恋の噂が立つことはなく、本人も恋愛に興味ないと明言しているくらいだった。だから、彼女のことを話す塁の表情や声質、なによりその特別視した言葉が、僕には意外でならなかった。

「どうしてそう思うの？」

「ああ、高校の入学式にちょっと関わりがあってな」

「あのときってたしか塁、怪我したよね？　それで入学式に遅れてきたのは覚えてる」

塁が遅刻するだけでも珍しいのに、それが入学式ともなると印象深い。あのあと『入学早々悪目立ちしちまった—』なんて落ち込んでいたのもしっかり覚えている。

そして、そのときにもうひとり入学式に遅刻してきた人がいたことも覚えていた。

「あ、もうひとりの遅刻した人って——」

「そこまで覚えてたんだな。そうだ、綾部が怪我した俺を見つけて応急処置してくれたんだ」

「そうだったんだ」

「それでな、あいつったら『入学式にひとりで遅刻するのはきっとものすごく恥ずかしいことだから、私も一緒に遅刻してあげる』なんて言いやがる。怪我の痛みなんか忘れて思いっきり笑ったな、あれは」

いつも冷静沈着な塁の、こんなにも愉快そうな表情を初めて見た。

「怪我人を見つけてすぐに手を差しのべられるやつなんて、なかなかいない。でも綾部はそれができる。あいつはそういうやつだ」

塁の表情は、今まで僕が見たことのないものだった。いくら疎くて愚鈍《ぐどん》な僕にだって、その感情くらい想像がつく。

「塁、君は彼女のことが――」

しかし、間が悪いと言うべきか、噂をすればなんとやら、だった。

「おっはよー！」

写真部の部室はいつも静かだ。話し声は少なく、時々シャッターを切る音だけがするだけ。そこに突然場違いな声が響き渡った。

部室にいた僕以外の誰もがその声のする方へ視線を移していたが、僕にはおおよその見当がついていたので、一瞥もくれずに声を返す。

「……君は授業中に寝ているからおはようという挨拶で適切なのかもしれないけど、残念ながらもう夕方なんだ」

僕は授業中に黒板を見ているのであって、彼女を見ているわけではない。だから普段を知らないけど、今日の日本史の授業で彼女が居眠りをしていたことは知っている。そのせいで先生に弄《いじ》られて、皆の笑い者になっていた。厳しい先生だったのにそれほど怒られていなかったのは、彼女の愛嬌ゆえだろうか。

「ちっちっち。おはようっていうのはね、その日初めて会った相手にする挨拶のことなんだよ。別に寝起き専用の挨拶じゃないんだよー。それに学校は疲れちゃうから眠たくなるの。仕方ないでしょ」

人差し指を立てた得意げな仕草が癪《しゃく》だったが、それに言及してしまえば負けだ。僕はとりあえず無視を決め込むことにした。

それでも彼女は、その表情に貼りつけた笑顔だけは忘れることがないみたいだ。こちらの様子なんか気に留めることもせずに、僕の腕を掴んだ。

「よし、行こっか」

「どこに？」

面識のあるはずの僕のことすら一切気にせず、僕を部室の外へと連れ出す。

「そりゃあ、もちろん撮影会に」

彼女はまたも僕に対して自分勝手を振りかざす。

部室を出る際に見えた、困惑と呆然を混ぜ合わせたような表情でこちらを見送る彗が、やけに強く記憶された。

彼女に連れてこられたのは屋上だった。すでに夜の帳《とばり》が降りかかっていて、西陽が彼女の姿をもオレンジ色に染めている。

「ね、ねえ……」

「どうしたの」

シャッターを切る。以前花火大会で見たときの高揚感はないけれど、それでも彼女は映える。女子にしては少し高めの身長がそう思わせているのだろうか。彼女の背に佇む夕陽も、この情景を演出していた。

やはりポートレートへの苦手意識は拭えないけれど、やり甲斐があることもまた事実だった。

「自分から言っておいてなんだけど、モデルって、めっちゃ恥ずかしい!」

彼女の顔が紅いのは、西陽のせいだけではなかったらしい。

「なにを今さら。それにしても、君にも羞恥心《しゅうちしん》があったんだね、安心したよ」

「そりゃあるよ! 私をなんだと思ってるのよ、まったく!」

会話をしながらも僕はシャッターを切る手を緩めない。

そうして彼女の様々な表情を呼んでいるのだ。腰に手を当てて悪態をつく彼女の表情もばっちり収める。

「君の表情は、まるで三色パレットのようだ」

「どういうことー？」

「笑って喜んで、また笑う」

「それじゃあ二色じゃん！　私、笑ってばっかで馬鹿みたい！」

「事実そうなんだから仕方がない」

「むむー！」

「じゃあその不貞腐《ふてくさ》れた表情も含めて三色だ」

そう、彼女には四色目がない。喜怒哀楽、その『哀』がほとんど見当たらない。それも『喜』と『楽』の割合がほとんどだ。

それでも、彼女の時々見せる切なげな表情の真意は、いったいどこにあるのだろう。

「ちゃんと撮れてるー？」

「安心して。初めてにしてはそれなりに撮れてると思う」

「ほんとにっ!?」

「うん、夕陽がいろいろ誤魔化《ごまか》してくれてる。それっぽくはなってるよ」

「誤魔化されてるのかー。なんか素直には喜べないけど、まあいっか。これからも撮るんだもんね。現像楽しみにしてる！」

その場で確認するのと、現像されたものを見るのとでは、受ける印象も違うということを、彼女はわかっているようだ。

彼女に呼び出されるまで来たことがなかったけれど、屋上は思いのほか居心地のいい場所だった。学校よりも高い建物がないから風も通るし眺めもいい。撮影場所にもうってつけだ。

なるほど、彼女が好んでこの場所に来たがる理由はそこにあったのかもしれない。

僕はまたファインダーを覗いて、彼女の姿を写真に収める。静かな屋上で、シャッター音だけが小さく響いた。

「もー、黙って写真撮らないでよー」

「……なら、どうすればいいの」

「なんかこう……カメラマンっぽくポーズの指示をするとか、場を和ませるための話題提供とかないの⁉」

「僕にそういうことを期待するだけ無駄だよ」

「あはは、それもそうか。君、教室でも全然しゃべらないもんね」

「あ、でもひとつ、僕から君に聞きたいことがある、かも」

「えっ！　なになに！」

そもそも彼女が僕にカメラマンを頼んだのは、あの花火大会で盗撮を疑ったことがきっかけだ。罪をなかったことにする代わりに、なんて言っていたけど、僕にはずっと疑問だった。それは、先ほど塁と話したときにも感じたことだ。

「君は、本当に僕がカメラマンでいいと思っているの？」

「そりゃそうだよ。君は私のプラネタリウム試験にも合格したんだから」

「僕はそうは思わないんだ。僕よりも写真を撮るのがうまい人はたくさんいる。僕よりも君のことをまっすぐに見てくれる人もたくさんいる。そういう人に頼んだほうがいいんじゃないかなって、そう思うんだ。たとえば、塁みたいに世話焼きな人とか」

「どうして彼が出てくるの？　あっ、もしかして塁くんしか友だちいないの？」

彼女は僕が傷つく可能性を考慮しないんだろうか。いやまあ傷つかないんだけど。

「……別に、なんとなくだよ。女子から人気の高い塁が君のことを気にかけてるみたいだったから」

「そう。いいんだよ。私が指名したのは君なんだから」

「そうなんだ……」

彼女のものとは思えない静かな言葉だった。彼女の聞き慣れない声音に顔を上げるも、その表情もまた読み取りにくいものだった。

彼女の考えていることがわからなかった。僕を指名した理由がわからなかった。ただ、考えても仕方ないと思考を止めて、意識を視覚と手元に集中させる。暗くなってきたから、そろそろ撮影を切り上げようというときだった。彼女が唐突に声を上げた。

「よし、買い物へ行こう！」

「そっか、行ってらっしゃい」

彼女の突飛な言動に、僕も少し慣れてきたようだ。返すべき言葉が反射的に見つかるようになった。

「君も行くんでしょうが！」

「僕、今日は部活以外にもバイトあるから」

彼女は目ぼしいお店を携帯電話でリストアップしているようだが、僕は反対に帰る準備をする。いくら僕が受動的だと言っても、アルバイトに遅刻して迷惑をかけるわけにはいかない。

「んーっと、このお店にしよう！　……って、君がバイト!?」

「そう、バイト」

「君って案外行動的なんだね。学校終わったらすぐに帰るタイプだと思ってたから、写真部ってことだけでも意外だったのに」

「まあ、君の言いたいこともわかるけどね。でもカメラの部品ってけっこう高いんだよ。バイトでもしない限り、ちゃんとした活動はできないから」

「そういうことかー。カメラの部品って高そうだもんね。君が私からレンズとかを遠ざけているのことなんてわかってるんだから！　それで、なんのバイトしてるの？」

「君にしては鋭いね。君に触《ふ》れられたらすぐに壊されてしまいそうだと思ったから。ピザの配達のアルバイトだよ」

「えっ、ピザの配達って、バイクで運ぶんでしょ？　君、運転できるの!?」

「そうみたいだね」

なにやら興奮している様子の彼女は、さっきから中腰になって自分の膝の辺りを叩いている。もしかして、『ピザ』と『膝』をかけているんだろうか。そんな稚拙な駄洒落、いまどき幼稚園児でも思いつかない。

「すごい他人事みたいに言うね。でもバイクを運転できるなんて、私が思っていたより君は大人だったんだね。そっかー、ピザ屋さんでピザを運んでるのかー」

「君がバイクにどんなイメージを持っているのか知らないけどね。写真を撮るために遠出するときとか、こういう交通手段はあると便利だよ」

彼女はまだ膝を叩いている。そろそろ屈んだ体勢がきつくなってくる頃だろうか。

「そっか、遠出もしやすいのか、いいなぁ。って！　ねえ、どうして突っ込んでくれないのよ！」

「え、なんのこと？」

「あー、そういうやつね。さては君、お笑いとか全然見ないタイプの鈍感さんだ？」

「多分、幼稚園児でも気づかないよ。膝とピザをかけてるなんて」

「なんだ、わかってるじゃん！」

結局僕らは、バイトの時間までという約束で買い物に行くことになった。彼女の駄洒落を無視し続けたせいか、今日はいつにも増して強引だった。

買い物をしている彼女は、はっきり言って馬鹿だった。ほんの一時間にも満たない時間内の買い物で、僕がひと月かけてアルバイトで稼ぐ給料分くらいを使い切った。おおよそ学校帰りにする寄り道などではない。先日出かけたときも、あのチャージ額に驚いたが、もしかして彼女は名高い富豪《ふごう》の娘なんじゃないだろうか。

「ん？　私の家？　普通の家族だよ。公務員のお父さんに、パートのお母さん、放浪《ほうろう》気味の大学生のお兄ちゃんの四人家族だもん」

「じゃあ、どうして君はたかが衣服にそんな大金を使えるんだ。欲しくてたまらないものがあって、悩んだ末に買うっていうことならわかるけど、君ほぼ即決だったよね。しかも男物の服まで買っていたし。大金を持っている理由は聞かないけど、その金銭感覚は直したほうがいいと思う」

僕がそう言っているにもかかわらず、彼女は飲食店に入って早々に店員を呼び出していた。

「これと、これと……あとこれもお願いしますっ！」

「君は人の話を聞いているの？」

アルバイトまでまだ時間があったので、彼女の提案のもと僕たちは一緒に夕食をとることにした。プラネタリウムの日に断ってしまった負い目があってついてきたけれど、彼女の即決具合にはただ呆れるばかりだ。

「たしかに今日は買いすぎたかなーって思うけど、撮影会に使う衣装だからいいの。メンズの服も今後必要になるものなの。悔いはないよ。むしろ買わないほうが後悔すると思ったから。それに、優柔不断な人は人生を損するってテレビで心理学の先生が言ってたよー？　君は私の決断力を見習いなさい」

「……じゃあ、僕も彼女と同じものでお願いします」

メニューを碌《ろく》に見られなかったけど、店員を呼び出した手前、決めるまで待たせっぱなしというのも申し訳が立たない。僕は仕方なく、彼女と同じものを注文した。

「ひとつ言わせてもらうけどね、僕が優柔不断なんじゃなくて君の決断が早すぎるだけだから。あと、それ、メニュー表を見てもいないのに店員呼ぶの、もしかして友人の前でもやってる？　だったらやめたほうがいいよ。せっかくの食事なのにその友人がかわいそうだ」

「たしかにみんな最初は戸惑うけど、今では問題ないよ？　というか私より先に決める人も全然いるもん。もはやメニュー表を開いてなかったね、あれは」

それはなんというか予習の域じゃないだろうか。彼女との食事に同伴するときは、周辺の飲食店を網羅《もうら》している必要があるのかもしれなかった。

「それに、入るお店もちゃんと考えようよ」

彼女はなにひとつ迷うことなく大型ショッピングモールの最上階を目指した。家族層をターゲットとするこの施設のレストラン街は、僕の予想通り高校生には手の出しにくい価格帯だった。しかも、彼女はその中でも比較的お高めの洋食店に入っていくのだから、僕とはやはり感覚の齟齬《そご》がありすぎる。

「私の座右《ざゆう》の銘《めい》は〝やらない後悔よりやった後悔〟なの。だから買いたいものは買うし、行きたいところには行く。思いのままに行動してみることにしたの。大丈夫、少なくとも金銭面で君に迷惑はかけないから。だからこれからも付き合ってね」

「君の言いたいことはわかった。その志も立派だ。だけど、僕らは高校生なんだから、その立場は弁《わきま》えよう。こういった自由なことは社会人になっていろいろと余裕ができたときでいいんじゃない？」

「君は真面目か！　私からしたら今が一番大切なの。将来を見据えるのはいいことなんだろうけど、その将来を形作るのは今の私なんだから。やりたいことはやる。そういう経験って今しかできないから、きっとかけがえのないものになるはずだよ。今を全力で生きられないなら、きっと未来でも全力で生きられてないはずだ！」

彼女が僕をまっすぐに見て言う。少し鼻息を荒くさせているのが不覚にも笑えた。

将来を形作るのは今の私、か。彼女はそういうふうに考え、今を生きているのか。安定的な思考の僕とはまるで対照的で、リスクを考えない猪突猛進《ちょとつもうしん》とも言えるまっすぐな考え方。

けれど本当に全力で生きていて、周りにもそれが伝わっているからこそ、彼女は人気があるのかもしれない。馬鹿にしていた彼女の価値観を、僕は少し見直した。

「君には座右の銘ってある？」

僕は別に、どんな偉人の言葉でも、どんなに納得のいくことわざでも、それを自分の行動理念にすることはない。けれどひとつだけ、僕のような人間にぴったりの言葉を知っていた。

「座右の銘……、強いて言うなら〝人間万事塞翁が馬《にんげんばんじさいおうがうま》〟かな」

「なにそれ！　ニンゲンバンジサイヨーガ馬？　君は馬になりたいの？」

「まあ漢字はその馬で合っているんだけどね。中国のある話からできた言葉なんだ」

「ある話って？」

「つまらない話かもしれないよ」

「いいよいいよ。君は卑屈になりすぎなの。そんなに気にしなくたっていいのに。珍しく君の話が聞けるんだもん、なんだって聞くよ」

彼女は心底楽しそうに僕の言葉を待っていた。日々なにがそんなに楽しくて笑っているのだろう。きっと彼女と僕とでは日常の風景の見え方が丸っきり異なるんだろう。

僕はひと息ついてから、『人間万事塞翁が馬』の語源を話した。

「これは中国の話なんだけど、あるところにおじいさんとその息子が暮らしていたんだ」

「なんか日本昔話みたいな始まりだね。おばあさんは川に洗濯に行ってそう」

場面を想像しているのか、彼女は洗濯物を板で洗う仕種《しぐさ》をしてみせた。

「おばあさんは出てこないけどね。……続けると、ある日そのおじいさんが飼っていた馬が遊牧民族の地へと逃げてしまうんだ。大事な馬だったことから周囲の人はおじいさんがとても悲しんでいると思っていた。けれど、当のおじいさん本人は陽気に笑っていたんだって」

「ええ！　どうして！　私なんて、昔飼ってたわんちゃんが亡くなったときのこと、今思い出すだけでも泣けてくるのに。さては非情なおじいさんなんだね！」

彼女はいちいちリアクションが大きい。どんなつまらないことでも話し甲斐がありそうな気すらしてくる。

「おじいさんはこう思ったんだ。〝いやいや、馬が逃げたことが幸福に繋がるかもしれない〟ってね」

すごいポジティブだね、と彼女が真面目な顔をして頷く。君も大概だと思うけど、とは言わなかった。

「結果、数カ月後にその馬は逃げていった地から良馬を連れて帰ってきた。でも、おじいさんは今度はそれを〝もしかしたらこれが不幸の元になるかもしれない〟と言ったんだ。そしたらその通り、息子が良馬から落ちて足を折ってしまう」

「一進一退だね」

彼女が神妙な面持ちで言った。四字熟語知ってるんだ、とももちろん言わない。

「でもね、おじいさんは自分の息子の大怪我すら〝これは幸運なのかもしれない〟なんて言い出すんだ」

「……そこまでいくとすべておじいさんが仕組んでいるとしか思えないね。おじいさんがすべての黒幕だったりして。それで次はなにが起きるの？」

「黒幕か、その考えはなかったな……。うん、次はね、おじいさんたちが暮らしていた近くの砦《とりで》に突如敵が攻め込んできて、それが大きな戦になってしまって。近場の若者が戦に駆り出され、そのほとんどが戦死してしまった」

「あ、わかった！　おじいさんの息子は怪我をしていたから戦に行くこともなく、無事に生き残ったってことだね！」

「うん、その通り」

「でもそれがまた不幸で……って続くんでしょ？」

「……いや、これで話はおしまいだ。これが人間万事塞翁が馬って言葉の語源。これには、〝人生、なにが起こるかわからないんだから、いちいち幸不幸で一喜一憂するものじゃない〟っていう教訓があると思うんだ。だから、たとえば人の話を聞かない誰かさんに振り回されたとしても、盗撮魔だと疑われたとしても、それが吉と出るかもしれないってこと」

「それ、誰のこと？」

わざとらしく彼女がたずねてくる。僕もそれに合わせて、さあ、と肩を竦めた。

「まあとにかく、僕は余裕を持って生きたいんだよ。自分のペースで」

「ふふっ、君らしい」

「君とは正反対だ」

「そうだねぇ」

「でも君は、それもおもしろい、とか思っているんだろ」

「ほほーう、だんだん私のことを理解してきたね」

そうなのか。僕は彼女を理解してきているのか。それは僕と彼女の思考がそれこそ正反対だからかもしれない。だから想像がしやすいのだろう。

「お待たせいたしました」

「わぁ！　おいしそうっ！」

僕らの会話を聞いていたのかと疑ってしまいたくなるほどタイミング良く運ばれてきた料理は、魅惑的な姿でテーブルに置かれた。その料理を前に彼女の頬は緩みきっている。

過剰とも言えるそのポジティブな要素への反応は、周囲の人々を笑顔にする。今だって、食事を運んできた店員は彼女の反応を前に満足気な笑みを浮かべていた。

「ん〜〜うまいっ！」

耐えきれないとばかりに、彼女は次々と料理を口へと運んでいく。

「君も早く食べなよ。せっかくのご飯だもん、冷めちゃうのはもったいない！」

「ああ、そうだね」

ポジティブに彩られた今の彼女には、ご飯が冷めるというネガティブな要素を許さないらしい。

頼んだ料理はハンバーグのプレートだったが、僕が見慣れているファミレスのそれとは厚みも匂いも違っていた。

僕も彼女に倣《なら》ってハンバーグにナイフを入れる。すると、今にも破裂してしまいそうなほどに膨らんだ厚みのある肉から、肉汁と旨味を確信させる香りが容赦なく溢れ出してきて、それに逆らえず僕の腹の虫は主張を強めた。

普段騒がしい彼女も、星空とご馳走の前では大人しいようで、緩みきった顔のまま、笑顔で料理を頬張っていた。

「うん、おいしい」

一緒に頼んだサイドサラダも瑞々しくて、それがまたハンバーグとよく合う。休むことなく、ひと口ひと口に僕は舌鼓《したつづみ》を打った。

反応こそ薄い僕だけどその表情は思いの外緩んでいたらしく、こちらを見た彼女は、にやけ面を盛大に披露した。その顔は『このお店に来て、このメニューを頼んでよかったでしょ』と言っている。

それがなんとなく悔しかったので、すでにプレートを空にしていた彼女の前でわざと食べる速度を落とす。彼女に見せつけるように食べることで溜飲《りゅういん》を下げることにしたのだ。しかし彼女はデザートも追加注文していて、なら僕もと、結局僕らはこのディナーを最後まで堪能してしまったのだった。

「君はさ、恋ってなんだと思う？」

先に食べ終えて暇になったのか、彼女は唐突にそんなことを言い出した。

「……あのさ、聞く人を間違えてるんじゃない？　自分で言うのもなんだけど、誰がどう見ても僕よりも君のほうがそういう経験は多そうに見えるよ。僕が君より恋を語れるわけない」

「んー、そういうんじゃなくてさ、単純な疑問なの。恋ってなんだろうって」

好奇心を滾《たぎ》らせた彼女の瞳は、もはや獲物に狙いを定めた肉食獣のそれだった。逃れられそうにはない。僕を辱めるためではなく、本当に単純な好奇心から聞いてきたようだ。

「好きだと思い込んだ特定の人の価値が高く見えてしまって、その人に近づきたいと思う気持ちかな」

「なに、その辞書を読み上げたような回答。君は広辞苑かなにかなのかな。あ、そういえばそろそろ甲子園の季節だねぇ」

「……君、ひとつの話題を続ける気ないでしょ」

彼女は下らない駄洒落が好きなのだろうか。自然体でいると周りを笑顔にできるのに、狙った笑いを取ることは彼女には向いていないのかもしれない。

「うそうそ、私、恋以上に野球のほうが語れないもん。でもふーん、恋というものをそう分析したんだぁ。で、やっぱりそう分析するに至った経験でもあるの？」

結局、彼女の聞きたいことはこれか。

「もちろん、ない」

「堂々と言い切ることでもないと思うけど。なんだつまんないのー。私たちもう高校生なんだよ？　恋のひとつやふたつしていて当たり前だと思うけどなぁ」

「じゃあそういう君は」

「あれー？　私のことが気になっちゃうのかなぁ？」

あくまで社交辞令として聞いてやっただけなのに、調子に乗った彼女はデザートスプーンを振り回して笑った。僕は溜息をひとつついて立ち上がる素振りを見せる。

「あ、もうバイトだ。そろそろ帰らないと」

「待って、ごめん、調子に乗りました！」

僕はまた新たに彼女に対して有効な対処法を考案してしまったようだ。こちらも状況に応じて活用していこう。

「私だってそれなりに恋はしてきたよ？　私ってばそこそこモテるから、告白されて付き合ったことだってあるの。でも、こんなだからさ、すぐに愛想尽かされちゃって。人気があった男子に告白されて舞い上がって付き合っただけだったから、そこに存在していたのは恋だけで愛がなかったと思うの」

「えっと、哲学的な話してる？」

「いや、私の経験談だけど」

「恋と愛の違い、とか言い出したら僕はさすがについていけないからね」

「そんなこと言わないよ！　私だって違いなんかわからないんだから」

彼女が男子に人気で恋愛経験があるのは理解できた。彼女の容姿には華がある。あの花火大会で、僕だって目を奪われたのだからそこに疑問はない。

だからこそ、彼女が今僕と一緒にいることが不思議でならなかった。

「じゃあ次は君の番。私が話したんだから君もなにか話して。私は君のことを知りたいの」

「前から思ってたんだけど、どうして僕なんかのことを知ろうとするのさ？　それこそ人気のある男子のことを知ろうとしたほうがいくらか有益だと思うけど」

「そういう人はほかの人にも気にかけられているでしょ？　じゃなくて、私はあまり知られていない君のことが知りたいんだ。少なくとも女の子との関わりはないと思ったから。私だけが知ってる君の魅力、素敵だと思わない？」

なるほど、と思った。僕は今まで異性からそんな言葉をかけられたことがなかったから思いもしなかったけど、彼女の言葉には納得がいった。

僕だって、ファインダー越しの彼女の姿を知っている人が自分しかいないのだと思うと、少しは優越感がある。それと同じで、彼女が感じているのは独占欲だ。何事も我が物顔で振る舞う自分勝手な彼女らしい考えだと思った。

「僕の話か……。本当に恋なんてしたことないんだけど。あ、でもひとつ、恋とかじゃないけど、特別な感情を抱いたことがある女の子はいる、かも」

勝手に話したとも言えるけど、彼女の話を聞いた手前、僕だけなにも言わないのは正義に悖《もと》るように思った。だから僕は特別に、彼女に話してあげることにした。

あれは父が亡くなる直前。僕の最初のモデルになった女の子がいた。初めて自分からカメラを握ったときのことだ。

「中学一年生のとき、僕が写真を撮るきっかけになった話なんだけど」

「ほう、君の専属モデルとして聞いてあげようじゃないか」

彼女が嬉しそうに反応するものだから、つい乗せられてしまったのかもしれない。

今日の僕はいつになく饒舌《じょうぜつ》だ。

「僕の父は、母が看護師ということもあって病院に足を運ぶ機会が多かったんだ。そこでいつの間にかカメラを持っている父に撮影を依頼する人が現れて。それから趣味だったカメラを副業みたいに始めたんだけど、ある日僕は父のカメラを借りてそれを弄りながら母の仕事が終わるのを待っていたんだ」

「うんうん」

僕は当時のことを思い出しながら、懐かしむように言葉を紡いだ。

「そんなとき、病院の待合所でむせび泣く女の子がいたんだ。きっと病院が苦手な幼い子なんだろうなって思っていたんだけど、いざ見てみると僕とそんなに身長の変わらない女の子でね」

彼女は一瞬目を丸くして、硬直した。他人に関心のない僕が、泣いている女の子を気にかけたことがそんなに意外だったんだろうか。

「周りには誰もいなくて、だけどそのまま泣かれるのも嫌で。僕はとっさに持っていたカメラをその子に向けて構えたんだ。そしたら泣いたまま必死にポーズをつくるもんだから、おかしくてつい笑っちゃったんだよね。気づいたらその子も一緒に笑い出して。目はすごく腫れているのに、思いっきり笑っているその子の写真が、僕が初めて撮ったポートレートなんだ」

直後驚愕の表情を内にしまった彼女は、「泣いてる女の子を笑わせるなんて、昔の君はやるねぇ！」なんて茶化してきた。

記憶の中のフィルターには未だ鮮明に残っている。もちろん現像した当時の写真も残っている。そんな僕の原点ともいえる話を他人にしたのは初めてだった。昱にすらしたことがない。

「そうだったんだ」

「話を聞くと初めての大がかりな検査だったらしくて、それが怖かったんだって。でも順番が呼ばれたその女の子は、検査に行く直前僕に笑顔で〝ありがとう〟って言ってくれて。それがきっかけで、カメラが人を笑顔にできるんだって知った僕は、写真を始めることにしたんだ。だから、僕にそんな影響を与えてくれたあの子は、少なからず僕の中では特別な子なんだと思う。名前も年齢さえも知らないから、それ以来一度も会っていないんだけどね」

話し終えてから、僕は自分語りなんてらしくないことをしてしまっていたことに気がついた。でも、彼女が穏やかに頷いてくれたから、話してよかったのかな、なんて思えてきてしまう。彼女はきっと聞き上手なんだろう、そういうことにしておく。

「その子もきっと、君に感謝してるよ」

「そうだといいんだけどね」

「いつかその子の、君が初めて撮った写真を見せてね」

「機会があればね」

いつになく饒舌な僕と、いつになく真面目に話を聞く彼女。そんな歪《いびつ》なふたりに気づいて、どちらからともなく笑みが溢れてきてしまう。

それはあの日、名前も知らない僕の最初のモデルとなった女の子と笑い合ったときのようだと思った。

「それじゃあ、そろそろ帰ろっか。時間だもんね」

「うん、そうだね」

帰り道、僕と彼女の間に会話はなく、終始沈黙が横たわっていたが、そこに気まずさはなかった。

「じゃあ、またね」

「うん、それじゃあ」

彼女はまだ話し足りなさそうにしていたけれど、「さすがにバイトは休めないもんね」と言って解放してくれた。それはアルバイト以外なら容赦なく休ませるという宣言だと受け取っていいんだろうか。

「あっ、ちょっと待って！」

「どうしたの？」

アルバイトに向かおうとしている僕の腕を彼女が引っ張る。

「一瞬こっち向いて！」

「うん？」

パシャ。軽い効果音が響いた。

「たまには、撮られてみるのもいいでしょ？」

「僕、撮るのは好きでも撮られるのは苦手なんだよ」

彼女は携帯電話で僕とのツーショットを撮ったらしかった。

「これからは君も素直に撮られなさい。一緒に写ってるのも欲しいの」

そう言うと、彼女は満足そうに写真を撮った携帯電話を胸に抱えた。

そんな嬉しそうにされてしまっては断れないではないかと思ったけど、不思議と悪い気はしなかった。

そうして彼女は帰路に、僕はアルバイト先のピザ屋の方向に歩を進める。

「今日はありがとー！　とっても楽しかった！　あとで連絡するから写真も楽しみにしててね！」

そう叫ぶ声が聞こえて振り返ると、彼女が笑顔で手を振っているのが見えた。

その表情に釣られてか、自分の口角が少し上がっていることに気づく。僕も、彼女との時間を楽しんでいたのだろうか。


今日のアルバイトは時間が短かったからさほど疲れていないと思っていたのだけど、自室に入るなり僕はベッドに飛び込んでいた。

彼女と長い時間一緒にいたからだろう。いつもよりエネルギーの消費が激しい。曇りの日より太陽の下で活動する日のほうが汗をかくのと似たような感じだ。もしかしたら彼女は星よりも太陽に近いのかもしれない。

「そういえば」

左ポケットから携帯電話を取り出す。そこには宣言通り彼女からのメッセージがあった。

【今日はありがと！　すっごい楽しかったから、早く次の約束をしようって言いたいところなんだけどね、今週平日はどうも予定が埋まっちゃってるみたいなんだよね。だから土曜日はどう？　私は明日にでも遊びたいくらいだけど】

メッセージに続いて帰り際に撮られた写真も送られてきた。満面の笑顔を浮かべる彼女に、振り返った瞬間の間抜けた僕の顔。きっとこの写真に彼女はご満悦《まんえつ》だろう。そんな姿が容易に想像できた。

どうも彼女は遊ぶことしか考えていないような気がする。自分から頼んできたくせに、撮影のことを忘れているんじゃないかと思えてならない。

それに、彼女の指定した土曜日は父の命日だ。僕は母と約束をしているから、これぱっかりは破れない。

【こちらこそ。それで土曜日のことなんだけど、大事な予定があるからほかの日にしてもらえると助かる】

【予定だとー！　それじゃあ当分ふたりきりで話せないじゃん。つまんないのー】

返信はすぐに来た。彼女相手なら変に誤魔化すよりも本当のことを言ったほうが早いだろう。

【僕らが本来するべきは遊びじゃなくて撮影なんだから。土曜日は父の命日なんだ。その日は家族で過ごす日だから、ごめん】

【あ……そうなんだ。こちらこそごめんね。また誘うから、君は首を長くして待っててね。じゃあおやすみ！】

彼女にこういった重い話題は似合わない。彼女自身もそれを自覚しているのか、すぐに手を引いてくれたようだった。僕も【おやすみ】とだけ返す。

「さて、お風呂でも入ろう」

これで、当分彼女との約束はなさそうだ。

そう思っていた僕のもとに、翌日一通のメッセージが届いた。

ちょうど放課後になった頃を見計らって送られてきたような時間帯だった。当の彼女は今日学校に来ていなかった。

メッセージには写真を撮ろうということと、指定場所が書かれていた。ほかに用事があるわけでもなかったから、部活を終えると僕はそこに向かった。

「よっ！　久しぶり」

「うん、昨日ぶりだね」

呼び出された場所は、高校の最寄り駅から一時間ほどかかる栄えた街だった。この街には母の仕事場があるため、僕も来慣れている。ここに彼女が写真の背景にしたい場所があるのだろうか。

「君、今日学校来なかったよね？」

「ははは、ちょっと疲れが溜まっちゃってたみたいで、午前中は体調悪かったんだー。でも今は大丈夫！　元気モリモリ！」

言葉通り、彼女は元気の塊だった。いつも通り笑顔を湛えて、今にも僕の腕を取り引っ張っていきそうだ。

服装は黒のショートパンツに白のTシャツとシンプルなものだったけど、女子にしては比較的身長が高い彼女は、そのシンプルな服装が似合っていた。

「今日は真面目に撮影会をしようかと思います」

「……明日は雪が降りそうだ。ちゃんと防寒するようにね」

「夏に雪は降らないよ！　私が真面目なこと言ったからってそんなに驚くことないじゃん」

「なら、そう思われないような言動を心がけることだね」

そう言いながら彼女に先導されて街を歩いていく。

「それとね、今日は撮影が終わったあと、数枚でいいからすぐに現像したいんだけど、できる？」

「それはできるけど、どうして？」

「お守り代わりにしたいの」

「自分だけが写っているのを？　君はつくづく自分のことが好きだね」

「違うわい！　君と写ってるのだよ。一緒に撮ろうって言ったでしょ？」

彼女はいつもの笑顔を忘れて、至《いた》って真面目にそう言った。

お守りというのはよくわからなかったけれど、彼女が珍しく真剣に言うものだから、僕はその要望に素直に首肯《しゅこう》した。

彼女が向かったのは、観光名所として有名な場所だった。目の前には海があり、周囲一帯にはレンガ造りの建物が並んでいる。日が暮れてきたこともあって海岸線に海がよく映えていた。撮影場所としては申し分ない。

「君にしてはいい場所を選ぶね」

「でっしょー？　平日だから人も多くないし、撮影にはいいかなーって」

「それにしても、君と会うときはいつも夕暮れ時だね」

「学生なんだからそんなもんでしょ。学校が終わったらこのくらいの時間になっちゃうんだし」

「それもそうか」

　それに、夕陽は僕のポートレートの技術を誤魔化してくれる。いつまでも甘えてはいられないけど、始めたばかりなら仕方ないと自分に言い聞かせた。

「それじゃー、とりあえず見て回ろっか！」

「写真を撮るんじゃなくて？」

「まずは場所を知るところからでしょ？」

　彼女のよく回る舌に乗せられて、結局僕らはその観光名所を堪能した。建物の中にはお土産屋や軽食をとれるお店もあって、時間的に小腹が減っていたので食べ歩きをした。今は彼女の提案からベンチで小休憩しているところだ。

　こんなことを普段しない僕としては、単純で当たり前な感想を抱いた。

「まるで高校生みたいだ」

「高校生だもん！」

　予想していた勢いのいい突っ込みを入れられる。

「君はいつもこんなことをしているの？」

「まあそうだね、友達との都合がつくときは、こんな感じかなー」

「そうなんだ」

　彼女が充実した日々を送っているようでなによりだ。学校を休んでいた今日なんて、退屈で仕方なかっただろう。だから僕のことを呼び出したのかもしれないし。

「それで、君は結局僕を遊びに呼び出しただけ？」

彼女が真面目に口を開いたかと思えばやっぱりこうだ。彼女の思考回路には遊ばなければいけないというプログラミングでもされているんじゃないだろうか。

「いやいや、ちゃんと写真撮るって！　そのために君を呼び出したんだから」

「なら早く撮ろうよ」

彼女の表情がはっきり写るように、日が暮れる前に写真を撮りたい。僕は急かすように言った。

「そうだね！　やっぱりこのレンガを背景に撮りたいよね」

「せっかくだからね」

彼女は自分の背景がレンガになるような場所に移動する。

「あ、もう少し奥まで行って、海とレンガ両方を入れられるようにしたい」

「おっ、それいいね」

彼女はさっと僕の言葉通りに足を運ぶ。彼女のよい点として挙げられるのは、この思考を行動に移す速さだ。迅速に僕の要望に応えてくれるのは撮影をする上で非常に助かる。

「そのくらいでいいよ」

うまい具合に海とレンガが同時に収められる位置に彼女を立たせ、カメラを構えてまず一枚撮る。

夕陽に焼かれた海と、西洋を思わせるレンガの共演は、ここが日本だということを忘れてしまうような美しい景色になっていた。そして、その中央に佇む彼女は、そんな景色にも劣らない存在感があって、ちゃんと写真の中の主役になっていた。

素直に言ってしまえば、綺麗だった。もちろん声に出して言うわけないけど。

「いい感じだよ。その調子で」

「うん！」

彼女自身もなにか手応えを掴んだのか、前回の恥じらった姿はそこにはなく、堂々としていた。

彼女は一度の撮影会を経て、すでに恥じることのない立派なモデルへと成長している。僕だって後れを取るわけにはいかない。彼女に相応《ふさわ》しいカメラマンでいなくては。

そう思いながら次々とシャッターを切っていった。

時間を忘れるほど熱中していると、ふいにファインダー内に彼女以外の人物が写る。

そのまま彼女がその人物に近づいていくのも見えた。

「ん？」

カメラを下ろすと、撮影していることに気がつかなかったのか、腰の曲がったおばあさんが僕と彼女の間をゆっくりと歩いていた。

「おばあちゃん、大丈夫？」

「ああ、ごめんねぇ」

彼女はおばあさんの腰を撫でながら、手助けするように隣を歩く。なるほど、昱が以前言っていた彼女の長所とはこういうことを言うのか。困っている人を見ると手を差し伸べずにはいられない性格。僕の目にもそれは美点に映った。

無意識にカメラを構え直して、彼女の長所を形として残す。どんなに美しい写真よりも、こういったありふれた日常の中の思いやりを残した写真にこそ価値があるのかもしれないなと、なんとなく思った。そちらのほうが彼女らしいとも。

「おやおや、デート中だったのかい。邪魔したねぇ」

「いえ、そういうのではないのでお構いなく」

カメラ越しの視線に気がついたのか、おばあさんは僕のほうに気がつくと、気の良さそうな微笑を向けた。

気遣いと笑顔に満ちた空間、優しい時間が流れていた。

「おばあさん、一緒に写真撮ってもいいですか？」

僕がそう声をかけると、おばあさんは「こんな老いぼれでよければ」と再び笑顔を作ってくれた。

「ほら君も撮られる準備して」

「え、私も？」

「モデルの君がいなくてどうするのさ」

僕とおばあさんの会話を眺めていた彼女がきょとんとしていた。きっと僕がおばあさんを撮影に誘ったことに驚いているのだろう。僕自身だって驚いている。それでも、今のこの空間を写真に収めておきたかったのだから仕方ない。

「はい、チーズ」

近くにいた観光客に撮影を頼んで、僕と彼女とおばあさんの三人で写真を撮った。単純になにかを残したいと思って撮った写真は初めてだったかもしれない。僕がシャッターを押したわけではなかったけれど。

そのあと、おばあさんの荷物を目的地まで持つという彼女の提案があったのだけれど、デートの邪魔はしたくないという、見事に的外れな気遣いをしておばあさんはそのまま去っていってしまった。楽しい時間をありがとうと言ってもらえたので、写真を撮ってよかったのかなと思えた。

「デートだって。えへへ、私たちそういう関係に見えるのかな」

「まあ、年頃の男女が一緒にいればそう見えるんじゃない」

「冷めてるねぇ」

「事実を言っているだけだよ」

「まっ、そうなんだけどね」

すでに陽はほとんど落ち、周囲は暗くなっていた。

けれど、観光名所と言うだけあって、レンガ造りの建物は夜になると違う顔を見せた。軽いライトアップが施され、それはそれで見ごたえのある光景だ。なんとなくだけど、雪の降る冬にでも来たらもっと綺麗に見えるんじゃないかなと思った。

「どうしてさっき、自分から写真撮ろうって言い出したの?」

やはり疑問に思っていたのだろう。彼女は聞いてきた。

「君が最初に、僕と一緒の写真が欲しいって言ったんじゃないか」

「そうなんだけどね。でも、素直に撮ってくれるのも意外だし、それ以上にあの瞬間になにか撮りたいと思える理由でもあったんじゃないかなって」

「ああ、そういうことか。君がさっきのおばあさんを気遣っているときの空気感が、僕はいいなと思ったんだ。だから無性に撮りたくなった。ただそれだけだよ」

そう言うと彼女は納得したように頷いた。

「私はカメラのことなんて全然詳しくないけど、きっと君はポートレートを撮るのに向いてるよ」

それは純粋なお褒めの言葉だった。

「そうかな」

「うん。ある瞬間に撮りたいと思って、すぐにカメラを手に取れた君は、きっと向いてる。私が保証してあげてもいいよ！」

笑顔でそう言っていた。

それはカメラを手にする人間として、どんな偉大な写真家の助言よりも意味のある言葉だった。写真を撮る上で僕が念頭に置いていたのは、万人に好まれるような〝綺麗な写真を撮る〟ことだった。それは間違っていないのかもしれないけど、彼女の言葉はそれ以上に重要だ。

カメラとは撮りたい瞬間を収めるものだという、初歩的でありながら忘れてはならない大事なことを思い出させてくれた。

「いいことを言うね」

「ふふーん、でしょ！　私だって見たいと思うから星を観測してるんだし。そういうのってきっと大事なことだから」

「そうだね。君の言う通りだ」

僕は素直に頷く。彼女の人柄は僕とはかけ離れているけれど、だからこそ僕に見えないものが見えているのかもしれないと思った。

「だから、これからもよろしくね、カメラマン！」

「こちらこそ」

ここから、僕と彼女との関係は、本当の意味で始まったのかもしれない。

そのあとは、周囲が暗くて写真が撮りにくいということもあって、撮影会は終了した。最初の彼女の要望通り、近くのコンビニで撮った写真を現像して渡す。

「なんのお守りにするのかはわからないけど、はい、これ」

「ありがとー。これで私は頑張れるよ」

やはりなにを頑張るかはわからなかったけれど、これが彼女の役に立つのならいいかなと思った。

「そろそろ帰ろうか」

切り上げるにはいいタイミングだと思って僕がそう言うと、彼女は少しだけ寂しそうな表情を見せてから、そうだねと頷いた。元気な彼女でも、帰り際は苦手なのかもしれない。彼女は哀の部分を見せていた。今までほどんど見せてこなかった、彼女の四色目の感情だ。

僕はその顔を収めたいと思ってとっさにカメラを構えようとしたけれど、彼女が先に歩き始めたせいで、それは叶わなかった。

「僕は母を迎えに行ってから帰るよ。ちょうど、この辺りで仕事しているんだ」

「そっか、わかった。じゃあここでバイバイだね」

手を振ってその場で別れる。駅の方へ向かう彼女の小さな背中を見送りながら、僕も母を迎えに病院へ向かった。

受付で母のことを聞くと、もうすぐ仕事が終わるから少し待っていて、と言い渡された。

受付の前に並んでいる長椅子の端に座って待っていると、それほど経たずに母は現れた。

「輝彦がお迎えなんて珍しいね。どんな気の回り？」

「偶然この辺りに用事があったから、ついでにと思って」

「ふーん。どうせ母親はついでですよー」

「そう拗《す》ねないでって」

「ふふ、冗談よ。来てくれて嬉しい。ありがと輝彦」

仕事終わりの疲労した姿でも、優しく笑う母を見ていると、たまにはこういうのもいいと思えてくる。

「えっ」

そのとき、僕の視界には思いも寄らない人物が映った。

それは黒のショートパンツに白のTシャツというシンプルな服装。顔を見たわけではないから断言できないけれど、つい先ほどまで、何度もファインダーを通して見ていた服装に酷似していた。肩口で切り揃えられている黒髪や、異性にしては高めの身長にも覚えがある。

「どうかした?」

僕の硬直に気づいた母の声で、我に返る。

「いいや、なんでもないよ」

彼女は体調が悪かったと言っていたし、もしかして僕と歩き回ったことで、ぶり返してしまったのかもしれない。

次に会ったとき彼女に聞いてみればいい、そう思って僕は母と帰途についた。

しかし、翌日から彼女が学校に来なくなった。というか昨日も来ていなかったけれど、とにかく学校には彼女の姿がなかった。やっぱり、昨日の撮影で体調がさらに悪化してしまったのだろうか。

普段は教室に彼女の笑い声が響くのに、それがないだけで一気に静まり返ってしまったような気さえする。静かな教室は僕が望む環境のはずなのに、なぜかいつもより落ち着かない。

寝込んでいたりしたら、きっと彼女は暇を持て余しているだろう。だったら連絡が来るだろうと思っていたのだけれど、結局彼女からの連絡はなかった。

「おはよう、母さん」

彼女との関わりのない三日を過ごし、土曜日を迎えた。今日は父の命日。だけど母は、どうやらこの日をゆっくりと過ごすことができないみたいだ。

「あ、おはよう輝彦。ごめんね、いきなり病院から呼び出されちゃったのよ。ちょっと行ってくるね」

朝から忙《せわ》しなく動き回る母。人の命を預かる仕事というのは、こういうことも往々《おうおう》にしてある。命日なのに、と感じる反面、誇らしい仕事だとも思う。

「わかった。気をつけてね。ご飯作って待ってるよ」

「ありがと、できた息子を持つと幸せなものね」

「いいからいいから。早く行ってらっしゃい」

僕は背中を押すように母を見送った。緊急で呼ばれたのだ、患者さんになにかあったのだろう。気が気でないはずなのに、母は笑顔を崩さなかった。

どうして笑うことが苦手な僕の周りには、笑うことが得意な人が集まるんだろう。泣くときもそうだが、母はわかりやすく感情を顔に出す。そして、多分彼女も同じ類だ。そういうふうにできることを、僕はどこかで憧れていたのかもしれない。

「よし、買い物行って、ご飯作るか」

ひとりになったリビングで、ひとりで宣言する。せめて、母が帰ってきたとき、温かくおかえりと言えるように、食事を用意して待っていよう。

……と言っても、結局料理にさほど時間はかからず、持て余した時間を消化するには至らなかった。

この間彼女と食べた味に感銘を受けたことから、僕は試行錯誤を重ねてハンバーグを作った。いつもとは味付けを変えてみたり、火が通りやすい肉の厚みを調べるため、いろんな形にしてみたり。さらに、母が帰ってきたときに出来立てが食べられるよう、あとは焼くだけという状態にした。

手持ち無沙汰になった僕は、とりあえずベッドに倒れ込む。

「なんだかなぁ……」

今日は今までの僕の日常となんら変わらない、静かで平和な日だ。そこでいつもはカメラを弄ってみたり、読書をしたりと、好きに時間を使うのだけど、僕の意識はそこにはなかった。

「はぁ……」

溜息が零れる。そして今日何度目かの確認。

僕は左手に持つ携帯電話を見る。彼女から連絡がきていないか、何度も確認してしまうのだ。別に僕から連絡をしたわけでもないから、メッセージが来るのを待っているのは時間の無駄だと思うけど、なぜだか気になってしまう。

彼女はこの一週間、どうして学校に顔を出さなかったのだろう。

彼女は今なにをしているのだろう。

僕はどうして、こんなにも彼女のことを気にしているんだろう。

今日が普通の休日で父の命日でもなければ、会う約束をしていたクラスメイトのことを思い起こす。

「綾部香織、ベガ、か……」

彼女は自分をベガだと言っていた。夏の空に輝く一等星だと。以前のプラネタリウムで得た知識を頼りに、僕は自室の小さなベランダから昼間の空にベガを探す。けれど、一向に星が見える気配はなく、そして同時に、彼女からのメッセージが送られてくる気配もまったくなかった。

時間が有り余っていた僕は、暇つぶしということで仕方なくベガという星について調べてみることにした。

気づいたら眠っていたようだ。窓から差し込む陽射しが温かなオレンジ色に染まっている。

一階のリビングからはテレビの音が微かに聞こえた。

「しまった」

寝てしまっていた。母の帰りに合わせて料理を完成させようと思っていたのに。

「輝彦おはよー」

急いでリビングに行くと、母がキッチンでフライパンを握っていた。おそらく少し前に帰ってきたんだろう。その様子から患者さんに大事はなかったようだ。

「母さんごめん、これは僕がやっておくから母さんは先にお風呂でも入ってきな」

「いいよ。お腹減ったから先にご飯にしよ」

「とりあえず僕が代わるから、母さんはリビングでくつろいで待ってて」

「はーい」

母は素直にリビングのソファでくつろぎながら、以前放送していた闘病ドキュメンタリー番組の続きを見始めた。

「それにしてもハンバーグなんて珍しいね」

「この前食べておいしかったから。それに父さんも好きだったよね」

「うん……お父さんハンバーグ好きだったからね……。でもそっかぁ、ふーん、食べに行ったのは彼女と？」

父の話題を出したことにより感傷的になったはずの母は、けれどケロッと表情を一変させ、僕のことを茶化してきた。母なりの気遣いなのだろう。

「うるさい、違う」

「ふーん、でもその様子だと昱くんでもないから、やっぱり女の子かな」

「うるさいってば」

そこで気がついてしまった。母の性質はあの騒がしいクラスメイトに似ている部分がある。こんな母親がいるからこそ、彼女と普通に関わっていられるのかもしれない。だから、彼女との会話で既視感を覚えることがあったのか。最初から躊躇《ためら》いなく会話できたことに合点がいった。

「それで、患者さんは大丈夫だったの？」

「あーうん、大丈夫って言っていいのかわからないけど、命に別条《べつじょう》はないよ」

「そっか、それならよかったね」

「まあそうなんだけどねぇ。でもやっぱり若い子の病気は特に悲しいのよね」

ドキュメンタリー番組には僕よりも年下であろう難病患者が映っている。僕にだって難病を患う可能性はあるはずなのに、そのドキュメンタリー番組をどこか遠くから見ているような自分がいた。そして同時に、おいしそうにハンバーグを頬張っていた彼女も、そんな世界とは無縁に思えた。そこで母がテレビの画面を見つめながらふっと溜息をつく。

「あの子、無理しちゃうタイプだから心配なのよね……。最近頑張りすぎてるみたいだし、香織ちゃん大丈夫かな……」

母の言葉を聞き逃しはしなかった。いや、聞き逃していたほうがよかったのかもしれない。

——香織ちゃん。

「……香織ちゃんって、誰」

僕は無意識に問いかけていた。鼓動が急に早くなる。

「あれ、私名前言っちゃってたか。聞かなかったことにしといて」

「だから、香織って誰のことかって聞いてるの！」

荒らげるような自分の声に驚いた。だけどそれ以上に、このタイミングで彼女と同じ名前が出たことに動揺していた。

「輝彦……？」

嫌な予感がした。

ふいに、彼女と共有した時間が思い起こされる。

プラネタリウム、ショッピング、撮影会。

そのどれもが笑顔に彩られていた。

あるはずがなかった。あっていいはずがなかった。

ふと、僕の目がテレビを捉える。画面越しの病床に背を預ける女の子と彼女は、どうしても一致しなかった。

現実味がなかった。

〝かおり〟なんて名前の人はいくらでもいる。それでも、僕は万にひとつの可能性もあってほしくはなかった。

いつも笑顔を絶やさない彼女には、有り得ないことだと思った。

それでも、冷静に分析する自分が警鐘《けいしょう》を鳴らす。

あの花火大会のときの、花火を見上げていた哀愁漂う横顔。

別れを嫌う彼女の哀の表情。

思えば、彼女はいつも僕を連れ回していたけれど、休憩しようという提案を出すのはいつも彼女のほうからで。

授業中寝ていたのだってそうだ。彼女は授業が終わる前に疲れてしまうのかもしれないし、いつも厳しい先生が彼女の居眠りに対してだけは緩かったのも、事情を知ってのことなのかもしれない。

今週学校に来なかったことも、彼女がお守り代わりに写真を欲しがったことも。

そういう日常的な細かな部分に『彼女が病気を患っていたら』という前提を置くことで、すべてに意味があるように思えてきてしまう。

そしてなにより、この間の撮影会後。母を病院で待っているときに見かけた、彼女に酷似した後ろ姿。それが本当に僕の想像している彼女だったら……。

「母さん、その子の名前を、教えて」

違う名前を言ってほしいと思った。

違っていてほしいと願った。

そんなことは考えたくはなかった。

聞きたくなかった。

知りたくなかった。

でも、知るしかなかった。

僕は耳を塞ぎたがる手を押さえつけて、母の言葉を待った。

「……綾部香織」

母が渋い顔をしながらそれだけ呟いた。さっきからずっとうるさく鳴っていた鼓動が、一瞬だけ止まった気がした。

「……っ！」

信じたくない、そう心から思った。

彼女は僕のモデルで、僕は彼女のカメラマンだ。それをやっと自覚してカメラを持てるようになったのに。

彼女の言葉で、やっと撮るべき写真がわかってきたところなのに。

彼女と一緒にいることを、楽しいと思えてきているのに。

信じたく、なかった。

それでも現実は非情で。

僕にそれを受け入れろと言うように、重い圧力が胸の奥深くに直接のしかかった気がした。

「……彼女の病気は？」

「誰だろうと、患者さんの情報を言ってはいけないの。たとえ息子でもね」

でも、そう言う母の苦渋の表情が、彼女の病気が決して軽いものではないことを物語っていた。

僕は反射的に調理を放棄し、リビングから飛び出した。

なにも考えたくなかった。でも、なにも考えたくないと思うたび、彼女の笑顔が僕の脳裏《のうり》にちらついて現実に引き戻された。

就寝の準備を終えてベッドに横たわると、一日中待っていた彼女からのメッセージが届いていたことに気がついた。

【やっほー！　私の連絡待っていたのかな？　かな？　そろそろ私を求めている頃だと思い連絡してみましたー。君は今日、家族と過ごせたのかな。いい一日になったのかな。私は君のせいですっごーく暇だったんだから。ちゃんと埋め合わせしてよね！】

僕は返信できなかった。

なんて返せばいいのかわからなかったし、それ以上にこんなにも〝いつも通り〟のメッセージを送ってくる彼女が、本当は今日治療を受けていたんだと思うと、僕はそんな現実を受け入れられなかった。

父は、患者やその家族に頼まれて写真を撮っていた。その中には重い病気にかかっている人や、命が限られているとわかっている人が大勢いたはずだ。だけど父が撮る人たちは、みんな笑顔だった。どうして父は病室でシャッターを切ることができたんだろう。僕にはそんなことできる気がしない。

父と同じカメラを使っているのに、僕には全然わからなかった。

これから僕は、彼女とどう接すればいい？

僕は彼女のことを、どういうふうに撮ればいい？

そもそも、彼女のなにを撮ればいい？

考えても、なにひとつわからなかった。

第三章

翌日学校に行くと、すでに彼女は自分の席に座って周りの友人と何事もなく話していた。明るく話している彼女が、今までとずいぶん違って見える気がする。彼女は僕の姿を確認すると、一直線にこちらへ向かってきた。

「天野くん、ちょっといい？」

一方的に秘密を知ってしまったせいで誰より会いたくないのに、彼女は人の気持ちもお構いなしのようだ。そんないつも通りの姿が、今は辛い。

ひと気のない空き教室に連れ出され、ふたりきりになった。詳しくは知らないけれど、母が渋い顔をするくらいに彼女は重い病気にかかっている。そう思うと、なにを話していいかわからなくなった。

「なんで昨日返信くれなかったの？」

「ごめん……」

「もう、ずっと返信待ってたのに—」

彼女は至っていつも通りに見える。昨日母から聞いた話を夢かなにかだと思ったほうが自然な気さえした。

「君はさ、どうしていつも笑っているの？」

病気だと知ってしまった今、彼女がいつも笑っている意味が、僕にはわからなかった。

「そりゃいつも楽しいからだよー」

楽しい、と言った彼女は本当に楽しそうに笑った。当然だと言うように。

病気にかかっているなんてやっぱりただの勘違いなんじゃないか。僕はなるべくなんともないように、できる限り明るい声を出して彼女にたずねた。

「病気は、大丈夫なの？」

この問いに、「なにそれー」なんて、否定してくることを願っていた。けれど彼女は笑顔を浮かべたまま困ったように言った。

「……あー、知っちゃったんだ」

なおも彼女は笑顔を手離さない。いや、その引き攣《つ》った不自然な表情を笑顔と呼んでいいのだろうか。

「大丈夫大丈夫、気にしないで」

「本当に？」

「……もう授業始まっちゃうからさ、放課後屋上に来て。今日は部活休んでね。ちゃんと話したいから！」

そう言った彼女の姿は、やっぱりいつもの屈託のないものに見えた。

一日中、僕の思考は彼女に囚われていた。あらためて顔を合わせてなにを話せばいいのだろう。彼女は僕になにを話すつもりなんだろう。そんな答えのない問いを、僕は脳内で繰り返していた。そして、気がつけばすべての授業が終わったことを知らせる鐘が鳴っていた。

彼女の指定通り、僕は重い足を引きずって屋上に向かった。最上階まで来て、校内の立ち入り禁止となっている屋上へ続く扉を開く。

彼女はいつかと同じように、そこで空を見上げていた。夕陽を背景にした姿は、僕が初めてここに呼び出されたときのことを思い出させた。

それでも、ついこの間のことがやけに遠く感じられるのは、僕と彼女の関係性が大きく変わったからだろうか。おそらく重大な秘密を知ってしまったほどには、僕は彼女に対して足を踏み込んでいる。

「今日の星も笑って見えるの？」

「ううん、今日は少し悲しそう。しょんぼりって感じかな」

「そうなんだ」

取りとめのない話をする。今の僕らは、普段の僕らを演じようとする大根役者だ。

「それで、話って……？」

「もちろん、病気のことについてだよ」

そして、これからするのは、普段の軽快な会話とは似ても似つかない話。

「君には私のことを知ってもらいたくって。だから、私の話を聞いてほしいの」

即答できるはずがなかった。彼女がこれから話そうとしていることは、きっと僕の聞きたくないことだ。僕が聞いていいような話でもないように思える。

けれど。

「いいよ、聞く」

十分な沈黙を置いてから僕は言った。

聞きたくはないけれど、聞かないわけにもいかない。僕は彼女の触れてはいけない部分に触れた。だから、聞く義務があると思った。

聞いても聞かなくてもきっと後悔する。今は彼女に倣って、やらない後悔よりやった後悔だ、と自分に言い聞かせて。

僕の返答に彼女は少し驚いていたけど、すぐに表情を切り替える。

「ありがと」

一拍空けて、彼女は淡々と話し始めた。

「私はね、病気なの。簡単に言うと血液の病気」

彼女の口から紡がれる言葉は、やっぱり彼女自身にはどうしても一致しなくて、未だに信じられなかった。いや違う、僕は信じたくなかったんだろう。

「私の血液がさ、ちゃんと仕事してくれなくって」

「……………」

「骨髄《こつずい》の移植《いしょく》が必要なの」

けれど、彼女の口から出てきたとは思えないような現実的な言葉に、僕はその話を信じるしかなくなった。

「なんだけど、私に合う骨髄が見つからなくって、このままだとそう長くないって言われちゃったんだ」

心が穿《うが》たれたのかと思うような衝撃が走った。

〝そう長くない〟。それが彼女の現実だった。

それは、僕が最も考えたくない可能性だった。母の様子からなんとなくの察しはついていたけど、それよりもずっと彼女の容体はよくなかった。

「いつだって君は笑顔のまま僕を困らせていたのに、そんな君が、こんな……」

「信じられない？　でも、これが私の本当なの」

彼女はさらりと言い放った。これが事実なんだから受け入れて、と言うように。

続けて彼女は淡々と話していった。

ある日軽い怪我をしたら、なぜだか血がずっと止まらなくなったこと。

それがきっかけで病気が発覚したこと。

それから病院通いで、学校を休むことが多いこと。

余命が少ないことを知って、好き勝手やると決めたこと。

「私は自分のことを受け入れる代わりに、最後まで好き勝手生きるって決めたの」

「だから、君は今を全力で生きるって……」

「そうだよ。死ぬまでになんだってしたいもん。だから、迷惑とか考えずに、ただひたすらに走ってきた」

「そうだったんだ」

話す彼女の声質は、それでも沈んでいなかった。それは、本当に自分の運命を受け入れているみたいだった。

僕と同い年の女の子が、死生観に達観している。その事実が悲しかった。

けれど、そしたらね、と、彼女の声は沈むどころか、楽しそうに踊ったのだ。

「そんなとき、君を見つけたの！」

「え……？」

彼女の声が、指が、視線が、僕を指すのだから、驚かずにはいられなかった。

「覚えてるかな、雨の日の花火大会、君が私にカメラを向けたあのとき」

もちろん覚えていた。今でも鮮明に記憶している。あの瞬間を撮りたいから彼女のカメラマンになったと言っても過言ではないのだから。

「あのときの君は、すごかった。カメラを覗く真剣な姿が格好良くって、私には輝いて見えた！　あんなにも真剣になってカメラの中でなにを見ているんだろうって、どんな世界が見えているんだろうって、気になって。それで気づいたら話しかけてたの」

話しかけたというよりも脅迫に近かったかもしれないけど、と彼女は申し訳なさそうな顔をする。

「だから私は、君にカメラマンをお願いしたんだ。これが君じゃなきゃいけない理由。君は前に、僕よりも適切な人はたくさんいる、とかなんとか言ってたからさ」

彼女は、そんなことを思っていたのか。僕は驚きを隠せない。

だから僕も言った。あのとき思ったことを。

「僕も、あのとき、君を撮りたくて仕方なかった。だからカメラマンになってという申し出も受けたんだ。あの日の君を今度こそ撮りたいって」

でも、と僕は続けた。

僕から彼女との会話の流れを曲げたのは、これが初めてだったかもしれない。

「病気の君を、僕は撮れない」

「うん」

彼女は薄く笑って頷く。

「ごめん」

「いいよ」

彼女はすべてを理解しているかのように頷いた。

僕には病気の人を撮る覚悟なんて、どこにもなかった。

彼女も、そんな僕のことを咎《とが》めたりしなかった。


患者に依頼されて写真を撮り続けた父のことを思う。

僕は父の死の直前に立ち会った際、父の愛用していたカメラを譲り受けた。『母さんは反対するかもしれないけど、輝彦ならきっと最高の写真が撮れる』と。

父の言う最高の写真がどういうものなのかを知る術《すべ》はもうないけれど、それでも僕はそれを知りたいという思いで、今までシャッターを切ってきた。

彼女を前にして撮った写真も、やっぱり根底にはその気持ちがあった。

そして彼女が、今まで追い求めてきた最高の写真がどういうものなのかの一端を、教えてくれたんだ。

父は、カメラの前で被写体を笑顔にするのは難しいと言っていた。その点、彼女はずっと笑っていてくれたから、僕はそこで悩んだことはなかったけど、そもそもの問題が違った。

父は、笑顔を収めるために写真を撮っていたのではない。きっと、笑顔にするために写真を撮っていたんだ。父にとってカメラは、人を笑顔にするための方法のひとつでしかなかったんだろう。

僕が写真を撮るきっかけになった女の子にしたみたいに。きっと人を笑顔にするためにカメラを手に取れと、父は言いたかったんだろう。

僕はそれを、彼女との関わりの中から学んだ。彼女の言った写真を撮りたい瞬間とは、きっとこういうことだ。

病魔の上に貼りつけた笑顔ではなく、カメラを向けたときに本心で笑った写真を撮らなければならないと。それが彼女のカメラマンとしてやるべきことなんだと。

彼女の笑顔は病気を受け入れた上のものだ。僕が撮らなければいけないものはそうじゃない。心からの笑顔だ。

父はそういうことをしてきたんだ。このカメラを使って。

僕にそれができるだろうか。

自信なんてないけれど、諦めることだけはしたくなかった。

「輝彦、なにかあったのか?」

翌日の放課後、部活へ行く準備をしていた僕に、塁は唐突にそう聞いてきた。

「なにかって、なにが?」

「綾部が、昨日ひとりで泣いてたんだよ。放課後にな」

「…………」

今日の彼女も、至って普通に見えていた。それは少し前の普通、なのかもしれないけど、いつも通り友人と笑い合って騒いでいた。

「偶然教室で会ったんだ。どうして泣いてたのかは教えてくれなかったけど、輝彦、お前は知ってるんじゃないか」

「それは……」

「どんな理由であれ、女を泣かせる男は最低だ。そんなことくらい輝彦もわかってるだろ」

「…………」

「なら、自分が本当はどうすべきなのかを考えなくちゃいけない。重要なのは三つだ。自分が相手をどう思っているのか、自分が相手からどう思われたいのか、そしてそう思われるためにはどうするべきなのか。そこに一切の妥協も許しちゃいけない」

「……僕には難しい」

「そうか。じゃあ俺が輝彦にお手本を見せてやるよ。終業式の放課後、教室に残っていてくれ」

そうとだけ言い残した塁は、教室の外へと去っていってしまった。

僕がどうしたいのか、どう思われたいのか。

その問いかけは、英語の文法よりも数学の公式よりも、ずっと難解だと思った。

僕がその問いかけの答えを出すために設けられた猶予《ゆうよ》は、塁が指定した日までの三日間だった。僕が最も苦手とする数学の問題でも三日も悩んだことはない。文字通り過去最大の難問に直面していた。

「香織ちゃんからいろいろと聞いたよ」

母は神妙な面持ちで僕に話しかけてきた。いつになく真剣な声音だった。

「香織ちゃんの写真を撮ってあげてたんだってね。病気のことを知らなかったなら仕方ないかもしれないけど、輝彦はお父さんと同じことをしようとしていたんだよ」

「うん、わかってる」

「私は、輝彦の母としてこのまま撮り続けることを看過《かんか》できない。輝彦まで失いたくないもの」

「うん……」

母の懸念はもっともだった。父は病に倒れて死んでしまった。その原因は、精神からくる衰弱だった。父は生死が揺れ動く場所で写真を撮り続けたことによって、心を病んでしまったのだ。

父の直接の死因は、僕が今握っているカメラにあると言ってもいい。母はそのことからカメラを毛嫌いしているし、僕の行動に賛同できないことも道理だった。

「でもね、私はあの人の妻としてもあなたの母親としても、後悔のないようにしてほしいと思ってる」

だけど、母は僕にカメラをやめろなんて一度も言ったことはない。カメラを握り続ける僕を応援してくれるのは、やはり母だった。

「私はずっとお父さんを見てきたから。あの人がどんな気持ちで写真を撮っていたかを知ってる。それは心から尊敬できるもので、その覚悟を知って、私はお父さんに惚れ直しちゃったもの。最初はお父さんのほうからアプローチしてきたのに、気づけば私のほうがぞっこんでねぇ」

例の彼女のように、わずかに見せた真剣な表情を引っ込めると、次には笑いながら惚気話《のろけ》をしていた
「まあともかくね、母として息子がそんな尊敬する夫の志を受け継いでくれるなら、それ以上嬉しいことはないってこと」

「そっか」

素直に感謝するのは気恥ずかしいものがあったから、不愛想な返事をしてしまったけれど、母の言葉はいつも僕の背中を押してくれる。

父はこうして背中を押してくれる人に出会えたから、ずっと写真を撮り続けられた

のかもしれない。

「香織ちゃんはきっと輝彦を待ってるよ」

「待ってる？」

「香織ちゃんね、私に輝彦の話をしてくれたとき泣いてた。天野くんって何度も言って。たくさんの薬を前にしても、過酷な治療の直前でも、長くは生きられないって言われたときですら泣かなかった香織ちゃんが、泣いてたの。あんな香織ちゃんは初めて見た。そして、きっとそうさせたのは輝彦」

僕がそうさせた。それは塁にも言われたことだった。

「…………」

「女の子を泣かせたんだから、男としてちゃんとしなきゃいけないよ。お父さんはそういうところもしっかりしていて格好よかったんだから」

「僕と父さんを重ねないでほしい」

偉大だと、憧れを抱く父に重ねられるのは、僕には荷が重い。

「それにね、私思うのよ。もしも香織ちゃんの病気のことを最初から知っていたとしても、輝彦は写真を撮ったんじゃないかって」

「それは……」

否定はできなかった。僕は自分でやると承諾して彼女のカメラマンになることを決めた。それを投げ出すことはしたくなかったし、それ以上に彼女に教えてもらった、〝最高の写真〟を撮ってみたいから。

「お父さんが患者さんの写真を撮っていたのは、その人を笑顔にするためよ。病気で不自由な生活を強いられた中でも、笑顔でいてほしいという思いから撮っていたの」

母は哀愁を感じさせる表情で思い出を語った。

「患者さんはみんな、写真を撮られるなら元気な姿でいなきゃって言って、そこから病状が良くなったり、余命よりもずっと長く生きた人だっていた。お父さんの写真が、患者さんの生きる希望になっていたんだと今になって思うの。希望を与えられるなんて、それはとっても誇らしいことよ」

生きる希望。父が写真を撮りながら患者さんに与えていたものは、そんなにも大きなものだった。偉大だとは思っていたけれど、ここまでとは。

僕にもできるだろうか。彼女に、生きる希望なんてものを与えられるだろうか。

やっぱり僕なんて、父と比べたらちっぽけなカメラマンだ。できることなんて高が知れている。

それでも。

それでも、僕が彼女になにかをしてあげられるなら。

彼女にとって最高の写真を撮ってあげられるのなら――。

「ありがとう、母さん」

「いえいえ、どういたしまして」

やはり親には敵わないなと思う。

僕の中で答えは出た。もしかしたら心の底ではすでに決めていたのかもしれない。

それでも、自分の意思で決めたことだと認識すると、今まで重たかった胸の内から、その重さが抜け落ちた気がした。

これは覚悟だ。受動的に生きてきた僕なりの精一杯の覚悟——。


退屈なだけの終業式、そのあとのホームルームも終え、僕たちは午前中に帰宅することが許された。各々が軽い足取りで教室を出ていく中、僕はひとり席について時計を眺めていた。

僕を呼び出した塁の姿はない。どうすればいいかわからず、とりあえず読書でもして塁を待つことにした。

約半分のページを時間を忘れるほど夢中になって読んでいた僕は、周囲に物音がしたことでやっと本から目を離した。もしかすると、その音が最近聞き慣れてきた彼女の声だったから、反応してしまったのかもしれない。

「どうしたの。話ってなに？」

しかし、彼女の声質は僕の知っている無邪気なものではなく、色濃く塗られた警戒の念を感じさせた。

それは教室のドアの向こう、廊下の方から聞こえた。

「綾部はさ、好きなやつっているか？」

そんな彼女の声に続いた言葉も、僕には馴染みのあるものだった。

……塁は僕を呼び出しておきながら彼女と話をしていた。

塁は異性から人気がある。それは幼馴染として付き合いの長い僕も理解していることだ。実際、彼の言葉には深みがあり、僕はそれのおかげで父の死と向き合うことさえできた。そんな塁が人としても男としても尊敬されるのは、もはや当たり前だと言ってもいい。

「どうして、そんなことを聞くの」

「要件を言う前に聞いておきたいんだよ」

「……いないよ」

「そうか」

でも、逆に塁の口から色恋の話を聞いたことが今までなかった。それだけではなく、好きなアイドルや女優の話も、男子高校生がするような下世話な話題なども、彼の口から聞いたことがなかった。その塁が、自分からそういった話をしていることが、僕には驚きだった。

「それで話って？」

「……ああ」

緊迫した空気が僕のもとまでヒシヒシと伝わってくる。

いつも冷静沈着な塁の声音はわずかに掠《かす》れていて、その話し方も訥々《とつとつ》としていた。

塁をそうさせている正体は、緊張だと思った。彼にはまるで似合わない感情だ。でもきっと、それほどまでに緊張する理由があるんだろう。

以前、塁が彼女のことをおもしろいやつだと言っていたことが思い起こされる。そしてそのときに僕が感じた、塁の抱く感情も。

「俺は、綾部のことが好きだ。異性として好きだ。だから……付き合ってほしい」

「………っ」

息を呑んだ。その言葉を受けた彼女も、また同じだったのかもしれない。

先ほどまで読んでいた小説にも同じような場面があった。ひとりの男性が好意を寄せる女性に求愛をする、そんなシーンが。

壁一枚だけを挟んだ向こう側には、物語の中の一部分にも抜擢《ばってき》されそうな情景が広がっているはずだ。事実は小説より奇なり、とは言うが、自分のすべてを擲《なげう》ってまで捧げた小説の主人公の求愛よりも、塁が放った言葉数の少ない愛の告白のほうが、ずっとずっとロマンチックで、ずっとずっと格好よかった。

でも、これはやはり現実なのか、彼女の答えは無慈悲なものだった。

「……ごめんなさい」

罣の告白は、ひとりの女が謝れば百人の女が笑顔になる、そんなものだと思っていた。なのに、どうやら運悪く、彼女はそのひとりに属する人種だったようだ。そんな分析を他人事のようにしていると、どういうわけか、ふたりの会話は僕の思いもよらない方向に進んでいった。

「そう、だよな」

「ごめんなさい。有田くんがいい人なのも、紳士的なのも、人気なのも、わかってるんだけど、私は応えられません」

「……輝彦がいるからか？」

心臓が跳ね上がったような感覚があった。

どうして僕の名前が……？

「それは……」

「まあ輝彦はいいやつだからな。綾部との相性は一見いいようには見えないけど、輝彦ならうまくやるだろ。あいつと一緒にいて楽しいか？」

「それはもちろんっ！　……じゃなくって、私と彼はそんな関係じゃないよ。私はともかく、彼は私のことなんてなんとも思っていないから」

「それはどうだかな」

「ただ、私は彼と一緒にいたいと思うだけで……」

「だそうだぞ、輝彦」

そう言った塁は教室の扉を思い切り開け放った。

「えっ……？」

扉が開かれたことによって僕の存在は彼女に露呈されてしまった。

彼女に言いたいことはいくつもあるけれど、意図しないタイミングで顔を合わせてしまうと、見せる顔もかける言葉も見つからない。僕と彼女は、屋上で今までの関係を解消したきりなのだから。

彼女は僕のことを呆然と見つめていたが、時間が経つにつれて頬が紅潮していくことが遠目でもよくわかった。

「俺の負けだ、惨敗だよ。輝彦、あとはお前次第だ」

「塁、君はこのために僕をここへ……？」

彼は僕にウインクをして見せた。どこまでも格好のついた男だ。

「これでもな、俺は本気だったんだ。ほかの女になんか興味なんて持たないで、入学式の日からずっと綾部に片思いしてたんだからな。だから輝彦、隙でもなんでも見せてみろ。俺がすぐにでも掻《か》っ攫《さら》ってやる」

塁はそう言って、そのまま踵《きびす》を返す。

「ちょっと、塁！」

「あー、聞きたくねえ、勝者の戯言《ざれごと》なんざ聞きたくないんだよ。黙って今自分がすべきことをしろ」

すでに事を終えたとばかりに、塁は階段を降りて本当に帰っていってしまった。

結果として、僕と彼女だけがこの場に残された。昼下がりの校内は照明のほとんどが消されていて、外から射し込む陽の光だけが室内を照らしている。

俯いてモジモジと手を合わせる彼女。

必死にかける言葉を探すも、どこにも見当たらなかった。僕の持ちうる語彙《ごい》の中には、今の状況で的確にかけられる言葉なんて存在しなかった。

水道の蛇口から滴る水の音すら聞こえてきそうな沈黙を破ったのは、彼女だった。

「い、いやー、なんか取り残されちゃったね」

「そうだね」

「彼、大胆な人だったんだね。てっきりクールな人なのかと思ってたから驚いたよ」

「僕も驚いた」

実際あんなにも熱くなっていた塁を見たのは初めてだった。

「じゃあ帰ろっか！　せっかく早く学校終わったんだし！」

努めて明るく話す彼女は、やはりいつも通りを演じている。

「いいや、ちょっと待って。僕も君に話がある」

母には背中を押してもらい、塁にはここまでお膳立てをしてもらったんだ、逃げ出す機会なんてすでに潰《つい》えている。

ふたりに報いるためにも、僕の決意を無駄にしないためにも、彼女と向き合う必要があった。

「え、えー？　君も告白でもしてくれるのかな、あははは」

「うん、もしかしたら告白とも言えるのかもしれない」

「僕は決めたんだ」

「……えっ」

「……なにを？」

「君のことを撮り続けるって」

決意をしてみると、意外にもすんなりとその言葉は口から出ていた。

「あはは、どうしたの？　病人は撮れないって言ってたのに」

「僕は君のおかげでいろいろなことに気づかされたんだ。写真を撮る意味だって、君が教えてくれたようなものだ」

それに、と僕は続ける。

「僕は最高の写真を撮りたい。病気を受け入れた上で笑っているものではなくて、君が心から笑っている写真を撮りたいと思ったんだ」

「そんなの……」

「嫌、かな」

彼女は少し迷うような素振りを見せる。

「……私を撮るって、どういう意味かちゃんとわかってる？」

「わかってるよ」

彼女は、未来のない自分を撮っても最後には傷つけてしまうだけだと言いたいんだろう。でも、僕はそれでも構わないと思った。そう思えるほどに僕の決意は固まっていた。

「じゃあどうして」

「僕の父も同じようなことをしていたんだ。だから、安心して任してくれていい」

「違うよ、そうじゃないの。私は君の気持ちを聞いているの」

「僕は君を撮りたい」

「………」

「もしかしたら、この気持ちはあの花火大会の日から決まっていたのかもしれない。僕は君を撮りたい。君の笑顔も、喜怒哀楽の全部も、僕の手で収めたいんだ。そう思えたのはすべて、君といた時間が楽しかったからだよ」

楽しかった。それはやっと気づけた感情だった。あまり人と関わらない僕には乏しい思いだったけれど。それでも彼女との距離を感じて初めて実感できたことだ。

彼女からの連絡を待っている自分がいた。会えない時間を退屈だと思う自分がいた。そういう僕こそが、彼女と出会って変わった自分だった。

今は、純粋に彼女のことを僕の手で撮りたいと思っている。

「僕は君を撮るよ。どんなに人気なモデルよりも、どんなに綺麗な女優よりも、誰よりも君は輝ける。僕は、そんな君を撮りたいんだ」

今の僕の気持ちは、それがすべてだった。

「私はそんなに輝けないよ。そんなにすごい人間じゃない」

「いいや、輝ける。だって君は、夏の夜空で光るベガなんだろ」

「……そっか。私ベガなんだもんね」

「そうだよ」

なにかを決心したのか、なにかを観念したのか、彼女が浮かべていた困惑の表情の上には、付け替えが可能なのかと思ってしまうようないつも通りの笑顔があった。

その笑顔の内を知っている人はきっと少ない。僕だってそのほとんどを知らないのだから。ただ彼女の内に、その命を徐々に侵食していっている病魔が棲《す》み着いていることだけは知っている。僕はそんな女の子をこれから撮っていくのだと。

病気の彼女と向き合っていくんだ。彼女は自身の中にすべてを秘めて笑うんだから、僕だって、強い意志を持って臨まなければいけない。

「じゃあ、あらためて君を、私のカメラマンに任命します！」

「光栄だよ」

得意げに頷いた彼女。でも、そんな表情は瞬く間に鳴りを潜め、あまり見ない真剣な面持ちになって言葉を続けた。

「でもね、私のことを撮ってもらうからには条件があるの。三つね。それをわかってくれないなら本当に駄目」

「条件？　いいよ、言ってみて」

なんだろう、そう思ってなにも構えることなく聞いた。

「まずひとつ目。私の病気を知っている人って限られていて、少なくとも生徒で知っている人はいないから、絶対他言無用でお願いします」

「それは、うん、もちろんだよ。口外する理由も、する相手もいない」

「塁くんにも言っちゃ駄目だからね。君が私の話をしてもいいのは智子《ともこ》さんくらい」

僕の母親であり、彼女の担当の看護師でもある間柄。なるほど、僕に許された相談相手は必然的に母だけになるみたいだ。

「わかった、母さんとしか話さない。ふたつ目は？」

「うん、ふたつ目はね、もしも私が死んじゃっても悲しまないでほしいの。泣くのももちろん駄目。悲しまれるくらいなら、死んだ私のことなんて忘れてほしい」

なんの淀みもなく言い切った。そこには彼女の強い意志が感じられた。

「……どうして？」

けれど、おおよそ死を見据えた人の考えだとは思えなかった。普通はもっとこう、忘れてほしくないとか、心の中では生き続けてほしいとか、そういうふうに思うんじゃないのか。少なくとも、僕が同じ立場だったら、彼女のような言葉は出てこない。

「よく言うでしょ。心の中で生き続けるーとか、やめてほしいの。みんなにも私みたいにたくさん笑っていてほしいから、悲しむことなんて許さない。泣いてもいいのは、私のことを産んでここまで育ててくれたお父さんとお母さんだけ。お兄ちゃんにも駄目だって言ってる」

「それは、なんとも君らしいね。わかった、善処《ぜんしょ》するよ」

なるほど、と頷く。

笑顔を貫く彼女なのだ。きっと周囲も笑顔でいてほしい、そう望むんだろう。

「うん、ありがと。それに私が心の中に生き続けたら、意思も主張も弱そうな君にとっては迷惑な話でしょ」

「たしかに、自己主張の強すぎる君が僕の中に生き続けたら、身体を乗っとられでもしてしまいそうだ。君が死んだら、まずは御祓《おはら》いにでも行ってみようかと思う」

「あははは、それがいいね、そうしなよ！」

　こうしてまた会話できていることが、素直に嬉しかった。

同時に、また彼女のことを撮れる機会が得られたのだなとも思い、写真への思いを引きしめる。

「それで最後の三つ目は？」

「あ、そうだそうだ、三つ目ね。これはね、君のための条件なの」

「どういうこと？　僕のための？」

「先に言ったふたつの条件は、私の病気を知る人みんなに言ってることなんだけど、三つ目は君限定なの」

「それは……？」

「ふふっ」

　彼女がいつもの大袈裟な笑みとは違う笑みを零したときに、なんとなく『あ、これは聞かないほうがいいんだろうな』という気がしてならなかった。

にやっという音が聞こえてきそうなほど、彼女はなんとも憎たらしい笑みを浮かべている。

「私のことを、好きにならないでね?」

それは僕を試すみたいに、はたまた悪巧みをしているみたいに。

「前々から思ってたんだけどさ……」

「いや! 私はちょっとしか自意識過剰じゃないよ! 自意識が強くたって過剰はしてないもん! 少なくとも君に好かれてるなんて思ってない!」

言い訳するみたいに早口で彼女は言う。

「ただ、これは釘を刺すために言っただけなの。好きになっちゃったら悲しまないなんてきっと無理。だから駄目なの。あくまでも私と君はモデルとカメラマンの関係だから」

至って真面目に言い切った。決して僕をからかっているとかそういうんじゃないように見える。

「ちょっとは自意識過剰だって自覚があるんだね。でもまあ、大丈夫。僕と君はカメラマンとモデルの関係だ。それ以上でも以下でもない」

同意すると、彼女は息を吐き「ありがと」と安堵した。

そこまで、自分の死で誰かを悲しませたくないのかと、笑顔を浮かべる彼女の人間性を再確認する。

「じゃあ今日は解散！　実は早く病院行かなきゃなんだよね。ちょっと遅れるだけでみんな大袈裟に心配するから。無理言って学校通わせてもらってる身だっていうのもあるけど」

「そう、なんだ」

　普通であれば学校にも通えないかもしれない病気。彼女はそういうものと向き合っているのだ。僕には、学校に通っていて大丈夫なのかという質問すらも躊躇われた。

「君も一緒に連れていきたいところだけど、きっと私の両親と会っちゃうからなぁ。私はいいんだけど、さすがに嫌でしょ？」

「うん、そうだね。さすがに遠慮しておくよ」

　彼女のことが気になるからついていきたい気持ちはあるけれど、同級生の、しかも女子の両親と顔を合わせるには、少しばかり僕の人生経験が足りていない。

「だよねぇ。じゃあ解散だ！　君は、私からの連絡を心して待つように！」

「うん。もう夏休みだからね、バイトの日以外はいつでも平気だから連絡ちょうだい」

「あ、そかそか、バイトしてたんだったね。ピザ運んでたんだったね」

　彼女は自分の膝を叩いて、いつかの日も見せたくだらない駄洒落をまたも披露してきた。懲りないらしい。

「僕も帰るよ、それじゃあ」
彼女に構わず昇降口へ向かうと、背後からは「無視するなー」という愉快な声が聞こえた。

帰宅後、母の帰りを待ちながら家事をするといういつもの日課をこなしたあと、カメラの手入れをする。そうして最後に一日の汗を流して風呂から上がる頃、彼女から宣言通りメッセージが届いていた。

それは今まで通りの溌溂さと、病に冒されているという一面が織り交ぜられた、なんとも反応に困るメッセージだった。

【今日はありがと。でも私のカメラマンになったからには、たっくさん働いてもらうからね！　明日から撮影開始だー！　朝八時に駅前で待ち合わせね。撮影場所はもう決めてるんだ。私には時間の余裕なんてないんだから、ちゃんと来てよね？】

――時間の余裕がない。それは真実を言っただけか、僕を困らせるためか、おそらくその両方の意図でそう言ったのだろう。

先の長くない彼女と向き合うことを決めた僕としては、目を背けられない言葉だった。彼女の残りの時間の中で、僕は最高の一枚を撮らなければならない。

しみじみと思っていると、僕の返信を待たずに追加でメッセージを送ってくる彼女。

【あ！　あと、できたらバイクで来てほしい！　見てみたいから！】

そういえば以前、彼女はバイクに関する話題に食いついていた。興味があるなら別にいいだろうと思い、【了解】とだけ返信して僕はベッドに潜る。

思えば、僕は彼女と関わっていく中ですっかり平穏な日常というものを手放してしまっていた。だけど、それよりも、これからの時間に思いを馳せてしまっているのは、彼女との時間を楽しみにしているからだろうか。

今までの自分には到底考えられないことだな、なんて思っているうちに僕は微睡《まどろみ》の中へと誘《いざな》われていった。

第四章

彼女が僕に望む写真とは、闘病生活という現実を与える医者に対して、笑顔でいられる日常的な現実を与えるものだと解釈している。

だから、僕が本当にしなければいけないのは、彼女の心からの笑顔を引き出すことだ。生前の父がやっていたみたいに。それは生きる希望を与えることだと言い換えたっていい。

それはわかっているのだけれど、その方法というのが僕には思い浮かばなかった。

これはまた、頭を抱えそうな問題だ。

とりあえずは彼女の病気を知る必要があると思い、朝からネットで病気のことについて調べていた。時間を共有する以上、もしものときに対応できるのが僕だけの可能性だってあるのだから。

「輝彦、今日はずいぶん早いね」

「ああ。用事があって」

母はまた闘病のドキュメンタリー番組を観ていた。テレビ画面の向こうでベッドに横たわる女の子の言動は弱々しい。前まで自分や彼女とは別の世界の住人とすら思っていたけれど、これも今となっては他人事ではないんだなと認識をあらためる。

「香織ちゃんでしょ？」

「まあ、そんなとこ」

「ふふっ、楽しんでらっしゃい。夕飯のことは気にしなくていいから」

「いいの？」

「いいのいいの。香織ちゃんのことだもの、きっと輝彦のこと連れ回すと思うから、ご飯は勝手に作っちゃうわ」

楽しそうに笑う母を見て、なんだか裏がありそうだなと嫌な予感を覚えたけれど、僕は見て見ぬふりを決め込んで玄関へと向かった。

「じゃあ行ってきます」

「行ってらっしゃい。気をつけてね」

視線をテレビに向けたままの母の声を背に、僕は家を出た。

彼女の指示通りバイクで待ち合わせ場所に向かうと、異様な人物を視界に捉えた。

夏休み初日の午前九時。まだ休みに入っていない大学生と社会人で行き交う駅前では、明らかに浮いているその人物を避けるかのように人々が忙しなく歩いていた。

「おはよっ！」

僕が待ち合わせ場所に着くなり、その異様な人物は元気に挨拶をしてきた。

「おはよう」

異様な人物もとい、ヘルメットを被り、真夏日の服装だとは思えない長袖長ズボンの服装に大きなリュックサックを背負っている彼女は、今日は兄に自転車を取られることなく時間通りに来られたようだ。

「どう？　この格好」

「なに？　その格好」

冗談を敷き詰めて出来上がったような格好の彼女は、胸を張って堂々たる仁王立ちを決めていた。

「イケてると思うんだよね、なんとかライダーみたいで。どう、似合ってるかな？」

「うん、君はもう一流の不審者だよ」

「やっぱりそう見えちゃうかー」

一応その異常性については理解しているようだ。だったらどうしてその格好をやめないのかと問いただしたくもなるが、彼女にそういった説教は無駄というものだろう。

「周りの人がみんな私を避けて歩いてる気がしたから、もしかしたらそうなのかなーって思ってたんだけど、やっぱりかー」

「誰も好意的な気持ちにはならないと思うよ」

「でもモーゼの気持ちは味わえたかな」

「ああ、モーゼの十戒《じっかい》？」

「そうそう。モーゼは海を割ってみせたけど、私は人混みを割ったよ！」

「君にしては学のあることを言うね」

「……君さ、時々私を馬鹿にしているような言い草するよね」

「時々しか気づかない時点できっと馬鹿なんだろうね」

彼女は寛大なのか本当に馬鹿なのか、そんな僕の言い草を気にも留めることなく笑顔だった。それは会話している内容がおもしろいからではなく、今生きて会話できていることの喜びからの笑みなのではないかと、僕には思われた。彼女の笑顔の根源には、その身に抱える病がある。

「さてと、行こっか」

「今日はどこに行くつもり？　それにその格好の意味は？　まさか僕を驚かすために着てきたわけでもないでしょ」

「ヘルメットはもちろんバイクに乗せてもらうため。この服装は日焼け防止と、長袖のほうが都合がいい場所に行くから。リュックは必要なもの入れてたらこの量になっちゃっただけ」

「君は避暑地すら越えて雪国にでも行くつもり？　多分この季節だと、トンネルを抜けてもそこは雪国じゃないと思うよ」

「ん？　君はなにを言っているの？」

やっぱり彼女には学なんてないらしい。いや、たしかに彼女が日本の文豪のあれやこれやを語り始めたら、きっと僕は面食らってしまうだろうけど。

「それで、結局どこに行くつもりなの？」

「まあまあ、それは着いてからのお楽しみだよ。君の分の荷物もちゃんと持ってきてるから、心配しないでね」

「それは結構なことだけど、そんな遠出するの？」

「いいから！　私がナビになるから、とりあえずバイクを走らせよう！」

彼女はそう言うや否や僕のバイクの後ろに跨《また》がり、「出発進行！」と周りの目なんて気にせずに楽しそうにはしゃいでいた。

「いやいや、原付の二人乗りは駄目だからね。行くにしても電車にしよう」

「えー、乗ってみたいのにー」

「駄目なものは駄目。ヘルメットは僕のバイクに置いておけばいいから」

僕は駐車場にバイクを止めて、彼女の腕を引っ張りながら改札へと向かった。いつかの日とは立場が逆になっていることに苦笑しつつ。

彼女から預かっているカードの残高もまだまだ残っている。彼女自身もそれを思い出したのか「そうだね、カードも使い切らなきゃだし」と、電車での移動に納得してくれた。

「んーっま！」

感嘆の声を漏らす彼女に、嘆息を漏らす僕。

なんということだろう、僕らはいよいよ県どころか地方すら越えてしまっていた。

現在僕たちは、電車とバスを乗り継いで、果物が名産の農園にきていた。すっかり都会とかけ離れた情景で、標高の高いここからならば、遠目に海すら見えるほどだ。

真夏だというのに、自然にかこまれているおかげか涼しく感じられて心地いい。

名産のぶどうや桃を頬張っている彼女を横目に、僕は携帯電話で現在地を確認する。

「君も食べなって！　せっかくなんだからさ」

「いやまずは現在地を知って、これからの予定を――」

言葉を遮るように、僕の口にはなにやら甘いものが放り込まれた。

「だから食べなさいって。食事中に携帯なんて、行儀が悪いでしょ」

「それはごめん……って本当だ。なにこれうまい」

放り込まれた一粒のシャインマスカットは、噛むたびに僕の口内に甘美な余韻を残す。瑞々しい果肉は上品な甘さを湛えて僕の舌を瞬く間に虜にした。

「でっしょー？　こっちもおいしいよ」

次々と巨峰やらマスカットやらが目前に置かれていって、その一粒一粒が宝石のように輝いて見えた。

アメジストと翡翠《ひすい》にすら見えてきたそれを、次々と口へ放り込む彼女。幸せそうな表情は、僕の撮影意欲を促進する。

合間に果物を堪能しながら、カメラを構えた。

「気にしなくていいから、食べるのに集中して」

「食べにくいなー」

そう言いながらも、彼女は口の中を果実で満たしていた。

彼女がぶどうを一粒食べるたびに、写真も一枚増えていく。

幸せそうな彼女の表情は、気づけば僕のことも笑顔にしていた。

途中カメラを取り上げられ、僕の食べているところを撮られたり、店員さんを巻き込んで一緒に写真を撮ったりしたけれど、そうこうしているうちに買ったすべてのぶどうを食べきっていた。

「よしっ、行きますか」

「え、まだ行くところがあるの？」

「もちろん。というか、ここは休憩のために寄っただけだから。目的地はまだまだ先だよ」

彼女はさらに都会から離れようとしているらしかった。しかし、それでは帰宅時間が遅くなってしまう。母に家のことは気にしなくていいと言われてはいるが、早く帰るに越したことはないし、それ以上に彼女を病院から離れさせるのには抵抗があった。

普段の勢いで忘れがちだけれど、彼女は病気を抱えている。時間を共有する身として その点は無視できない。

「君の目的地というのは気になるし連れていってあげたいとも思うんだけど、そろそろ引き返さないと遅くなる。家族も病院の人も心配するでしょ」

「まあたしかに心配はしてくれているだろうけどね。でも、そんな拘束された毎日じゃしたいこともできなくて、死ぬまでに悔いを残しちゃうから、たまにはいいの。そして君は私の味方でいて。甘やかして。咎める側にならないで」

そこには、彼女にしては珍しい感情が見え隠れしていた。

自分勝手な彼女なら今まで嫌というほど見てきたけれど、甘える姿なんて初めてだった。それは、彼女が僕に気を許したからか、僕が病気のことを知る数少ない知り合いだからかはわからないけど。

「君は私のカメラマンなんだから、私を相応しい場所に連れていって、理想の写真を撮ってくれればいいんだよ」

「でも、さすがに連絡はしておかないと。遅くなるなら遅くなるって」

「許可なら取ってる。家族にも先生にも。だから君はなにも心配しないで。私を現実に引き戻すようなことを言わないで」

「……………」

夢から醒《さ》まさないでほしいと、そう言われている気がした。病気で自由が著しく減っている彼女からそれを奪うことは、僕にはできようもなかった。

「それとちょうどいいから言っておくけど、私は今日、君を帰さないから」

「……え？」

「いやー、異性に言われたいセリフのひとつだけど、まさか私が男の子に言うなんて思ってもみなかったよー」

「どういうこと」

「お泊りってこと」

突拍子もない彼女のセリフに一瞬言葉を失った。同時に今朝の母の様子を思い出す。

そういえば、やけに楽しそうに笑っていたな。

「……そういうことか。君、事前に僕の母さんと口裏合わせてたでしょ」

「あったりー！　二日間輝彦くんを預かりますって言ったら、どうぞどうぞって」

彼女はそのときの母との会話を思い出しているのか、大袈裟に笑っていた。きっと母が彼女にそう言われたときも同じように笑っていたんだろう。ふたりはどこか似ているから。

「だから今、私のことを咎められるのなんて、精々が病気と神様くらいなものだから

「気にする理由にしかならないふたつをよく挙げようと思ったね」
「私の行動を止めるくらいなら、病気の進行を止めておけって身体には言ってるから
いいの。それに神様なんて信じてないし、仮にいたとしても病気になる運命を作った
神様なんて大嫌い。誰だって、嫌いな人の言うことなんて聞かないでしょ？」
「社会人になったら、きっと嫌いな上司にも会うと思うよ。そしたら嫌でも従うしか
ないんじゃないかな」
「なら私は自分の意見を言って、その正当性を主張するよ」
「君らしいね」
「課長、きっと私の案のほうが正しいです！」
「君はクビだ。明日から来なくていい」
　あはははっと笑ってから「現実は厳しいね」と彼女が言う。そんな彼女を見ている
と、僕の胸が小さく痛んだ。
　長くは生きられないらしい、なんて言った彼女と、当たり前のように数年先の未来
のことを話している。彼女はどこまで本気で言っているんだろう。自分には訪れない
未来だとわかっていながら話しているなら、それはとてもいじらしいことだと思った。

そのあと、少なくともその場には彼女を咎める人がいなかったため、僕らは再びバスに乗り込んだ。

気がつけば山道に入っていて、かなりの標高まで来ているみたいだった。するとなにやら施設が見えてきて、近づくにつれ独特な匂いが鼻を突いた。覚えのある匂いに顔を顰《しか》めていると、そこは温泉だった。

日が暮れ始めてきた頃、僕らは温泉宿に到着した。彼女はこの立派な佇まいの旅館に泊まろうというのだろうか。

「こんにちはー！　いや、もうこんばんはかな？」

彼女が元気よく声を出すと女将さんが出てきてくれて、おもてなし精神のお手本のような動作で接待をしてくれた。

「ここって温泉だけの利用ってできますかー？」

「はい。この辺りは地元のお客様が温泉目当てで利用なされることも多いですよ」

「ありがとうございます」

僕が礼を言うと、女将さんは自分の仕事場に戻っていった。

だらしなく語尾を伸ばす彼女と、懇切丁寧な女将さん、人としても女性としても、その作法を叩き込んでもらったほうがいいのではないかと思っていたら、彼女が僕の方へ向き直った。

「汗かいたし、ここの温泉に入っていこうかと思うんだけど、いいよね？」

「ここに泊まるんじゃなくて？」

「泊まらないよ。宿泊はほかの場所なの。でもせっかく良さそうな温泉だから」

「異論はない」

僕が肯定してやると、予想とは違う嫌らしい笑みを彼女は浮かべた。

「お客さん、まだ全然いない時間帯みたいだね」

「そうだね。ゆっくりできそうだからよかったよ。入浴はひとりに限る」

「ふふっ。せっかくだし、混浴、しちゃおっか」

「……君、僕の言葉聞いてた？　ひとりがいいってことを主張したつもりだったんだけど。混浴なんて、馬鹿なんじゃないの？」

「日頃写真を撮ってくれてるお礼に、バスタオル姿くらいなら撮らせてあげようかなと思ったのに」

「もう一度言うよ、馬鹿なんじゃないの？」

「冗談だってー」

僕らは別れて各々温泉に入っていく。地元の銭湯を時々利用する僕としては、室内のものよりも、自然豊かでおいしい空気と入浴の心地よさを同時に味わえる露天風呂に興味があった。身体をひと通り流し終えると、すぐさま外へと繋がる扉を開ける。

しかし、なんということだろう。僕の快適な空間は、次のひと声で望むべくもなくなってしまった。

「ねぇー！　聞こえるー？」

彼女はやはり馬鹿なのか、男女分かれている露天風呂の柵越しに会話を試みていた。

「ねぇってばー！」

「……恥ずかしいからもう少し静かにしていてくれないかな」

「なんだ、聞こえてるんじゃん！」

「聞こえてるから、もっと声を小さくして」

「どうして」

「恥ずかしいからって言ったでしょ」

「いいじゃん、こっちには誰もいないんだし」

「僕のほうにいたらどうするのさ」

「恥ずかしいのは君だけなんだからいいじゃない」

この野郎、と言いたくなるがグッと堪える。きっと彼女のことだ、「私は女だから野郎じゃないよ！」なんて揚げ足を取ってくるんだろう。

「私、今裸なんだ」

「…………」

彼女の言葉の意味を一瞬でも考えてしまった僕もきっと馬鹿なんだろう。入浴中なんだから、むしろ当たり前の格好だというのに。僕が返答に遅れていると、彼女はさらに畳みかけてきた。

「あれー？　想像しちゃった？　うふふ、今ならまだ間に合うよ。こんな機会なかなかないからね、混浴行こっか」

「ごめん、潜っていたからなにを言っていたのか聞き取れなかった」

「だからー」

「でも碌なことじゃないってことだけはわかるから、なにも言わなくていい。……君は常に話さずにはいられない病気なの？　もっと静かにこの贅沢な温泉を味わおうよ」

「私は血液の病気ですー。まあ言いたいことはわかるし、いい温泉だなーとは思うんだけど、君がいるって思うと無性に話したくなっちゃうんだよね。私にとって今は限られた自由な時間だから、できることならずっと話していたいの」

しおらしい空気感が僕の脳を麻痺させる。ついつい、話に乗ってしまいたくなる。

「だからさ」

「うん」

「混浴行こっか」

「もう黙ってくれないかな」

一度でも真面目に話を聞いてやろうとした僕の純心を返してほしい。

湯から上がって着替えて戻ると、彼女は大仰にソファに身体を預けていて、前にある机の上には空のビンが三つも転がっていた。

「一気に三本も飲んだの？」

「いやぁ、温泉上がりのコーヒー牛乳ってどうしてこんなにおいしいんだろうね。おかげでお腹たっぷたぷ」

僕も倣ってコーヒー牛乳を購入して、彼女の向かいに腰を下ろす。それからビンの蓋を開けて伽羅《きゃら》色の液体をひと口含み、口内で転がすように味わった。なるほど、たしかにこれはうまい。普段行く銭湯では身体を温めに行くようなものなので、自ら熱を冷ますことはしないのだけど、今のこの瞬間にどこの温泉にも乳製品の飲み物が置かれている理由がわかった。

彼女に文句は言えそうにない。旅にはうまいものが必須だということを学んだ。

「君もいい飲みっぷりじゃない」

「君についていけばおいしいものには巡り合えそうだ」

「私を食い意地の張った女だとでも思ってるなー？」

「違うの？」

「そういう君は意地悪だね」

「意地を張るよりは悪いほうがいい」

「どうして？　悪いのは駄目でしょ」

「意地を張るよりも多少意地が悪くて狡猾《こうかつ》なほうが、生きやすい世の中なんだよ」

「だから私は君より早く死ぬんだね」

「……なんて言えばいいのかわからないから、それを武器にするのはやめよう。ずるいよ」

話は終わりだとばかりに彼女は立ち上がった。見上げたことに、彼女は律儀にも従業員に対して頭を下げて感謝していた。僕はそんな彼女の姿を写真に収める。

「それじゃ、あと少しだから頑張ろう！」

準備も慣れも不十分な僕は、すでに長旅の疲労を感じ始めていたが、ここまで来たのなら最後まで付き合ってやろうという気になっていた。僕も立ち上がり彼女の背を追っていく。

傾き始めているオレンジ色の陽を横目に、僕らは細い山道を進んでいた。

先ほどの旅館からはバスが出ていないため、そこからは徒歩で行かなければならなかった。そのことを彼女に言ってやると「とほほ……」と、もはや駄洒落になっているかどうかも怪しい返答があったので、無視を決めた。

「まだ着かないの?」

山道と言えども道は設備されていたから移動に問題はないが、陽が落ちるまでに目的地に着くのかが心配だった。夜の山道は危なそうだ。

「もうすぐだよー。風が心地よかったから遠回りしちゃった」

「ならいいけど。でも、うん、たしかに心地いい」

携帯電話の地図で案内をしてくれている彼女の言葉に同意する。

夏だと言っても山を登れば気温は下がる。暖かな陽の光と肌を撫でる風、それに都会では感じられない空気のうまさが、疲れているはずの僕たちの足を動かしていた。

「ほら見えてきた」

そうしているうちに目的地が見えてきた。山の中腹、開けた場所に出ると、そこには温かみのある木目が印象的なログハウスがあった。

「今日はここに泊まるんだよ! 前から予約してたんだー。昨日まで行く人見つかってなかったんだけどね」

きっと彼女のことだ、僕という同行人を見つけられていなかったとしても、周りの大人を困らせながら自分ひとりでどうにかしてここまで来ようとしたはずだろう。

「用意周到と言うべきか、計画性がないと言うべきか……。まあでもよかったよ。僕はてっきりこの山の中、寝袋で一夜を過ごすことすら覚悟し始めていたから」

「さすがの私もそこまではしないよー。病気でなければテントとか用意したかもしれないけど」

「君は病気を患ったことでやっと常人と同じ選択ができるようになるんだね。テントなんて登山の専門家か、羽目を外してキャンプする大学生くらいでいいよ」

「じゃあそこに、病気の美少女も追加しておいてね」

なんて言いつつ、彼女は早々にログハウスの方へと走っていった。いかに病気とは言え、彼女の自由さという根本を変えることは難しいのかもしれない。

「なかなかいい場所だね」

ログハウス内は清潔に保たれていて、思いの外広かった。トイレにキッチン、それに冷蔵庫まで完備されている。ベッドこそないものの、これは立派な宿泊施設だ。入浴だって少し下山すれば温泉があるので問題はない。

「君はなにをしているの？」

「んー？　とりあえず食材を冷蔵庫に入れてるの」

彼女は自前の大きなリュックから食材を取り出し、せっせと冷蔵庫に移し替えているようだった。

「ここに来る前にいろいろ買っておいたんだ。大丈夫、保冷は完璧だったから衛生面は安心していいよ」

「それは結構なことだけど、どうして食材を？」

「キッチンがあるって事前に聞いてたからさ、君と一緒に料理してみたいなって」

「もしかして母さんが言ってた？」

あの母親は、僕の味方なのか、彼女の味方なのか。

きっとこういう場面では『おもしろそうだから』とか言って、喜んで彼女の側につくのだろう。

「うん、智子さんから聞いたよ、君の料理は絶品だってね」

「やっぱりか」

「ちなみに君に拒否権はありません。君が作ってくれないと今日の夕食は抜きになっちゃうの。私も手伝うから一緒に作ろうよー。一緒に作ったらきっと楽しいよ！」

彼女はいつも予想していないことを言う。まあしかし、これもまた彼女の笑顔を引き出せる一因になるのだとしたら、それもいいと思った。

「そうだね、せっかくだから作ろうか」

「さっすがー！」

彼女は大変満足そうだ。

そういえば、誰かと一緒に料理をするのは初めてかもしれない。

「それで、なにを作るの？」

「こういうところで作るものなんてひとつしかないでしょ」

「思い浮かばないんだけど」

「そりゃ、もちろんカレーに決まってるよ！」

決まっているらしかった。大自然の中でのカレー、まあわからないでもない。

そう言って開け放たれた冷蔵庫の中には、一日のみの滞在だとは思えないほど過剰な食糧が用意されていた。野菜や鶏肉、さらには種類豊富な調味料までもが取り揃えてあった。

「これはなかなか……」

「すごいでしょ。調味料は軽かったからたくさん入れられたの。なにが使えるとかわからないから売ってたものほとんど買ってきた。なんせお米がものすごく重かったからね、食材偏ってるかもだけど、好きに使っていいよ」

「ああ、道すがら重そうにしていたのはお米のせいだったんだ」

「気づいてるなら持ってよ！」

「僕は君という重荷をここまで運んで来たんだから仕方ない」

「あははっ、たしかにそれもそうだ！」

話している間にも僕は陳列された食材に目を通していくが、ここでひとつあることに気がついてしまった。彼女としては致命的なミスと言ってもいいかもしれない。

「ところでさ」

「うん？　なにか足りないものでもあった？」

「ああ、うん。多分あった」

「なにかなー？」

「カレーのルウって、もしかして忘れた？」

「……そ、そんなわけないじゃない！　こんなに楽しみにしてたんだもん、忘れるわけないでしょ？　あはははは……」

言葉を発するたびに声量が小さくなっていく彼女。どうやら本当に忘れてしまったらしい。

「ちょっと待ってね！　今すぐ買ってくる！」

「いや、待って。さすがに遠すぎる。それに夜の山道は危険だ」

彼女が暴走しかねないので、仕方ない。少し面倒だけど、ここにある食材で作るしかない。

「いいよ、ルウがなくても作れなくはないから、多分。少し時間がかかるかもしれないけど、それでよければ。幸い調味料とスパイスはたくさんあるからね」

「うそ！　そんな本格的なカレー作れるの！」

「あまり期待はしないでほしい」

「ふふん、ルウ忘れてよかった～」

「君の夕食は福神漬《ふくじんづ》けってことでいい？」

「ごめんなさい、反省してます」

母以外の人に自分の料理を披露したことはないけど、ここまで期待されると正直悪い気はしない。

まずは下ごしらえ。玉ねぎを細かく刻み、にんにくとショウガを少量すり下ろしておく。鶏肉も手ごろなサイズに切っておき、鶏皮も剥いでおく。皮はまた違う料理に使ってもいいかな。

「カレーなのに、にんにくとショウガを使うの？」

「使うんだよ。市販のルウにも多分入ってるんじゃないかな」

彼女は調理見学に夢中なのか、黙って僕の手元を見つめている。しかしこれが思った以上にやりにくい。今だけはいつも通りひとりで騒いで遊んでいてほしい。

「えっと、君はお米を炊いておいてくれないかな。手伝ってもらうって言っても、君は血液の病気なんだ、包丁で指を切ったりでもされたら僕は責任を取れない。できる限り安全なことをしていてほしい」

「ふふふん、心配してくれてありがと。まあ血が出てきたら最悪止まらずにそのまま死んじゃうからねぇ」

彼女の病気のことは、今朝調べていたから多少知っている。彼女には決して怪我を負わせられない。

さすがに僕の意を汲み取ってくれたのか、素直に米をとぎ始めていた。僕は僕で自分の役割を全うしようと調理を再開する。

調理油をひいたフライパンに先ほど切った玉ねぎを投下した。そこに塩を振り、ひたすらに炒め続ける。

「塩入れてるけど、もう味付けしてるの？」

やはり調理の工程が気になるみたいで、彼女はお米を炊くことよりも僕の手元にご執心《しゅうしん》だった。手元こそ米を洗っているようだけど、心は米にはないようだ。

「いいや、これは玉ねぎの水分を飛ばすためだよ。こうすると早く飴色《あめいろ》になるんだ」

「へぇ、なんか田舎のお婆ちゃんみたいな豆知識だね！」

「僕は君と同い年のはずなんだけどね」

玉ねぎが飴色になると、にんにくとショウガをフライパンに入れる。ほどよく炒めたら半分に切ったトマトとケチャップを適量入れ、水分がなくなるまで混ぜる。そこに五種ほどのスパイスを混ぜ合わせ、なおも炒め続けていく。徐々にフライパンの中身から腹の虫を刺激するような香ばしさが漂ってきて、僕らに空腹を感じさせた。

「少し味見してみる？」

「え、いいの！」

瞳を輝かせてこちらを振り向いた彼女だったが、フライパンの中身を見てたちまち渋い顔をした。

「なに、この汚いの」

「汚いって言うな。これからカレーになっていくんだから」

文句を言いながらも、僕が少量渡した一見汚く見えるそれを受け取り、彼女は一抹《いちまつ》の逡巡《しゅんじゅん》を置いてから口に含めた。

「しょっぱ！……あっ、でもすごい、カレーの味がする。濃いけどおいしいよ！」

「ならよかった。それが言わばカレーのルウなんだ。固体ではないけど同じ役割は果たしてくれるはず」

「君はルウすらも作れるんだね！」

「ちゃんとカレーになりそうでよかった」

「それって、私を毒味に使ったってことかなー？」

「……君は米の面倒をちゃんと見ていてね」

「あ！　誤魔化した！」

そうこうしているうちにも、僕の手元ではカレーの完成が近づいてくる。自作のルウに切っておいた鶏肉を絡めると、そこに水も入れて沸騰させる。ぐつぐつと煮えてくるカレーはさながら燃えたぎるマグマのようだ。

「おっ！　カレーがマグマみたい！」

「……僕と同じことを考えないでくれる？」

「ふふ、同じこと考えてたんだね」

僕が呆れた顔をしても、彼女は気にする様子も見せずにこにこと笑っている。

「米の準備が終わったんなら、君はカレーの様子見といて」

「あ、うん、わかった」

とは言ったものの、彼女の視線は調理過程のカレーに定められ、その手は一切の動きも見せない。そんなにも放置しているとカレーが焦げてしまうではないか。

……あ、なるほど。彼女は言われた通りにカレーの様子を凝視しているのか。焦げないように見ておいてという意味で言ったつもりだったのだけど、彼女は素直すぎるみたいだった。

「なにしてるの」

「うん？　言われた通りカレーの様子を見てるよ？」

「焦げないように時々かき混ぜてって意味で言ったつもりだったんだけどな」

「……むっ！　最初からそう言ってよー！」

僕の肩を叩いてくる彼女に、あらためてカレーを託す。

その隙を見計らって、僕はカレーに入れる野菜と一緒にカメラを取りに行く。彼女が料理している姿はなかなかお目にかかれないと思うし、なにより素直すぎる彼女のおかしな姿を、是非とも写真に収めておきたかったのだ。

カメラを構え、ピントを合わせる。

彼女は至って真面目に、カレーが焦げないようにとおたまで混ぜていたので、カメラに写されていることに気づいてないみたいだった。それをいいことに、一枚撮る。

「今撮るの？」

シャッター音でやっと気がついた彼女は、けれど勝手にカメラを向けられたことに言及はしなかった。

「君の料理姿は新鮮だったから」

「手離せないからポーズとれないよ？」

「君のその、間抜けた姿を撮りたかったんだから、むしろポーズはいらないよ。カレーを眺めていればいい」

「そうやって馬鹿にして。君って時々私に意地悪してくるよね。それはあれ？　好きな子には意地悪しちゃいたくなる小学生みたいな気持ちなの？　だったら、えへへ、照れちゃうなー」

言ったそばからカレーそっちのけで返答してくる。

「愉快な妄想しているところ申し訳ないんだけど、カレーが焦げても作り直したりしないからね？」

「おおっと、そうだった！」

彼女は今度こそカレーに集中し、僕もあと数枚撮ってカメラを置いた。

そして、彼女の姿もひと通り撮り終えた残りの僕の役目は、カレーを完成させることだけだ。

と言っても、あとはカレーに入れる具材を炒めて用意するだけなのだけれど。

今回はお手製ということで、赤と黄色のパプリカにいんげん、あとは茄子なんかを使って、彩り豊かな夏らしいカレーと洒落込もう。

「君は嫌いな食べ物ないよね？」

「私の嫌いな食べ物はカレーライス！」

「……やっぱり君の夕食は福神漬けでいいよね、わかった」

「うそ、うそです！　ごめんなさい！　カレー大好きです！」

「いいことを教えてあげる。謝罪の言葉ってね、口にするたびに価値が損なわれるんだ。だからすぐに言うものじゃない」

「君いいこと言うね。じゃあさっきのごめんなさいは撤回する！」

「じゃあ君の夕食は福神漬けってことで」

「意地悪だぁ！」

「それで、嫌いなものは？」

「意地悪な人！」

「次ふざけたら、君の米と福神漬けの量の割合を逆にするからね」

「それ茶色と赤しかないじゃん！　嫌いなものは特にないです！」

彼女の言葉を聞くと、僕は具材を投下した。

「具材は適当に僕好みで入れちゃうから」

「うん、いいよー。期待してる。というかもうこの匂いにおいしさを確信してる」

彼女が言うように、すでにログハウス内にはカレーの香りが充満していて、空腹の僕らには耐えがたい空間と化していた。

僕は炒めた具材をカレーに投入し少し味を馴染ませると、味見を彼女に手渡した。

「ほらできたよ。味見するでしょ？」

「うんうん！」

直後、僕が期待していたよりもずっと大きな声で「うっま！」と聞こえてきたのでひと安心だ。

「味見ってどうしてか、増しておいしく感じられると思うの！」

「それは僕も同意するよ。昔は味見を目的によく母の手伝いをしていたくらいだ」

「そっかぁ、そんなお手伝いからこの味が生まれるんだね。私も子どもができたら君みたいな子がいいなー」

「僕は君みたいな母は願い下げだけどね」

「私と智子さんってけっこう似てると思うんだけどなあ」

「……さーて、ご飯食べようか」

「あー！　また話逸らした！　もう！」

僕も、母と彼女が似ていると幾度も思ったことがある。図星を突かれたことを認めたくなくて、僕は食事に逃げることにした。彼女も悪態をつきながらも席に着く。きっと空腹には逆らえないんだろう。それは健常な僕であっても、病を抱える彼女であっても変わらないことみたいだった。

「どうぞ」

「わあ！　すごい！　これを君が作ったなんて考えると憎たらしいけど、本当にすごい、おいしそう！」

赤と黄色のパプリカが彩るカレーに、彼女が片手間で炊いた米を皿に盛る。ついでにまだ残っていた野菜で、カリカリに焼いた鶏皮を添えたサラダも作ってみた。調味料が豊富だったため、ドレッシングもお手製だ。

「これは見た目だけでも専門店レベルだね。君、料理うまい系キャラでいけば人気者になれるんじゃない？　モテ期とかきたりして」

「生憎《あいにく》と、僕は色恋にかまけているよりもカメラに向き合っているほうが好きなんだ」

「恋なんてしたことないって言ってたやつがよく言うよ！」

「いいんだよ、興味がないんだから」

「まあ、君には私がいるもんねぇ」

「それどういう意味で言ってるの」

「さてと、いただきまーすっ！」

僕への仕返しとばかりに話を逸らしてきた。彼女には僕の問いに答える意思がないらしかった。まあ僕も深追いしてまで聞くことでもないと思ったので気にはしない。

彼女は大きな口を開けて一口カレーを頬張ると、言葉になっていない奇声を上げた。それを感嘆だと受け取っておくことにする。心底幸せそうな顔をしていたので作った僕としても満足だった。こうも反応がいいと作り甲斐があるというものだ。

「うん」

味をみてみると納得のいく仕上がりになっていた。僕史上一番の出来と言ってもいいかもしれない。

これまで彼女と共にした行動の中でも、食事は好きなほうだ。彼女の反応の良さもそうだけれど、それ以上に食事中の彼女の様子は静かで、僕も落ち着いた気持ちで料理を味わうことができる。

しかし考えてみれば、それは肉食獣が獲物に気を取られているうちに逃げ出す草食動物と同じようだなと思い、どうにも情けない気持ちになった。

結局食事を終えるまで、中身のある会話は交わさなかった。「こんなもの毎日食べられるなら、私、君の家の子になる！」という意味不明な宣言は、中身のある会話とは言わないだろう。


食事を終え、簡単に片付けも終わらせると、僕らはログハウスの外に出た。

「すっずしー！」

「涼しいというか肌寒いよ」

夏と言ってもここまでの標高になってくると底冷えする寒さがある。腕をさすって身震いすると、彼女がにやにやしながら僕を見た。

「君は病気の女の子よりも弱々しいねぇ」

「君が病気のくせに逞《たくま》しすぎるだけだよ。というか君だけ長袖ずるい」

彼女はこのときの防寒のために最初から長袖を着てきていたのか。妙に計画性のあるところがむかつく。

「これは防寒というより、虫除けのためだよ。虫に刺されるのも良くないから」

「あ、そうか」

それは仕方のないことだった。血液の病気ともなると、蚊のような小さな虫にも警戒しなければならない。

「ふふふ、君は私を見直すことでしょう！」

「どういうこと？」

「じゃっじゃーん！」

彼女は背に隠し持っていたものを僕に手渡してきた。

「これって」

「えへへ、覚えてる？」

彼女が手渡してきたもの、それは、以前僕のアルバイト前に買い物をしたときに買っていた男性用の服だった。当時はお兄さんへのプレゼントかな、なんて適当に考えていたのだが、まさかこの日のためだったとは。

「もしかして、今日のために？」

「そうだよ！　きっと山の奥って寒いだろうなって思ったから」

だとしたら、彼女はそんなにも前から僕とここに来ることを計画していたということになる。……僕は彼女のことを侮っていたのかもしれない。

「それに気になってることもあったから」

「気になってること？」

「君のお母さん、智子さんってすごく綺麗な人だから、君も身なりを整えれば格好よくなるんじゃないかなって！」

「たしかに母さんは若く見られがちだけど、それは買い被りすぎだ」

彼女が手渡してきた服はカフェで読書でもしている人が着てそうな、落ち着きがありながらもお洒落と思わせるものだった。ジャケットにスキニーなんて着たことも手に取ったこともない。

「着てくれるよね？」

「………………」

恥ずかしがっていると思われるのも癪だ。今回は彼女の思惑に乗ってやろう。夜の山は冷え込むから仕方ない。

「せっかく用意してくれたんだ、着るよ」

「え、ほんとに！　やったやった！」

僕はログハウスに一度戻って、手にしたことのない系統の服をあらためて見る。そしてゆっくりと息を吐いてそれに着替え、羞恥の一切を感じさせないよう澄ました表情で彼女のもとへ戻った。

「いいじゃん！　服に着せられてる感じは少しするけど、今までよりずっといい」

「僕の今までの服装を全否定だね」

「次はその捻《ひね》くれた受け答えを直さないとね」

「大きなお世話だ」

「君の性根と、私の病気、どっちが先に治るか勝負だ！」

　そんな冗談なのか本気なのか計りかねることを言って僕を困らせる彼女は、大層楽しそうに笑っていた。

「それじゃあ、最後の目的地に行こ」

「え、このログハウスが目的地なんじゃないの？」

「まっさかー。わざわざここまで来て山に泊まるだけはないでしょー。あるよ、ちゃんとした目的」

　そう言った彼女は、ログハウスに備えつけられている寝袋をふたり分持って、歩を進めた。

「大丈夫、すぐそこだから」

　言った通り、ちょうどログハウス周辺の明かりが見えなくなった辺りで彼女は止まり、寝袋を敷いた。

　見えるものは、薄暗い夜の中に浮き出る彼女の横顔と、僕たちを覆い囲むように立ち並ぶ木々と、そしてどこまでも続く星空だった。

「……すごい」

つい声が零れた。

僕の頭上を覆い尽くす空には一片の雲も見えず、数多の星々が輝いている。以前に習った夏の大三角は強い輝きを放っていたからすぐに見つけられた。そして、そこには星が連なってできる天の川も重なって見えた。

それは彼女と最初に見に行ったプラネタリウムとは比較できようもないくらいに壮大で、美しかった。

「言葉にならない。これが星空なんだ」

「うん、これが星空。私の好きな星空」

以前からずっと気にはなっていたけど、それでも聞けずにいたことを思い出した。それを聞くには最適なタイミングだと思い、躊躇いなく僕は口を開いた。

「君はどうして天文部に入ったの？　というか、星を好きになったきっかけは？」

「そういえば、言ってなかったね。友達の前ではいつも誤魔化してたけど、君にならいっか」

彼女は自身でなにかに納得するように頷いてから、話を進めた。

「単純な話だよ。私の病気が発覚したのって中学生の頃なんだけど、やっぱりいろいろな恐怖に押し潰されて、塞いでいた時期があったの」

彼女にも、そんな時期があったのかと少し面を食らう。けれど、それを言葉にすることはなかった。普段の彼女が強すぎるだけで、きっとそのときの彼女のほうが普通の反応だと思ったから。

「それで、そんな私の姿を見かねた両親が、ここに連れてきてくれたんだ」

そしたらね、と弾んだ口調で彼女が言葉を紡ぎ続ける。

「私はこの星空を見て、なによりもすごいと思った！　自分の病気がちっぽけに感じられるくらい、すごいなって。それで、私もこの星の一部になれたらいいなっていつからか思うようになってて、調べていくうちに私とベガは似てるんだって気づいたの。きっとそれが星を好きになった理由。当時の私はそれで現実逃避してたんだろうね。星空なんかに比べたら私の悩みなんてちっぽけだって思えるように」

「そうだったんだ……」

「それに、星って綺麗だから」

最後は、単純な理由だった。けれど、それでいいと思った。

病気の辛さを紛らわせるために星を見始めたのだとしても、綺麗だから好きと今言えるようになっているのなら、それでいいと。

彼女が星々に魅入って、観測者になろうとした気持ちが理解できた。そしてそんな星空は、彼女と出会うまでは興味がなかったような僕をも魅了した。

「これが私の見たかったもの」

「そっか」

「これが君に見せたかったもの」

「……そっか」

彼女がどうして僕に星を見せたかったのかは知らない。それでも、彼女が〝星になりたい〟と思う理由はわかった、いや、わかってしまった。

『本当は、星になれればいいんだけどね』

いつか彼女がそう言っていた。あれは、死と隣り合わせで生きているからこその言葉だったんだと、今、嫌になるくらい理解してしまった。

「星って、とっても綺麗だよね」

「うん、本当に」

続けて、君が星になりたいと言っていた理由がわかった気がすると言ってしまいそうになったけれど、それはできなかった。彼女のその言葉は、僕が口にしていいほど軽いようなものではない気がしたから。

寝袋に包《くる》まり、寝そべりながらふたりで星空を見上げる。大自然に身を預けて壮大な星空を眺めていると、自分が宙に浮いているような感覚に陥る。僕は地面に寝転んでいるし、隣にはしっかり彼女もいるというのに。

「そう言ってもらえると、ここに来た甲斐があるってものだよ」

「でもこの星空をそのまま撮れないのが残念かな。三脚も持ってきてない」

ファインダーを通して空を見るも、僕がこの目で見ている景色をそのまま映すことはできない。たしかに赤、青、白と様々な色の輝きを放つ星が見えているのに。

「君はカメラばっかりだね。隣には見るべき女の子がいるっていうのに」

冗談めかして彼女が笑った。視線をそちらに向けてみるけれど、その横顔は暗くてよく見えない。

「今見るべきはこの星空でしょ。それに、カメラを構えたときはちゃんと君のことを見ている」

話していると、夜空に浮かぶ星のひとつが瞬く間に降ったように見えた。するとそれに続くように、ひとつまたひとつと降る星の数を増やしていく。

「見て！　流れ星！」

彼女の興奮気味の声に耳を傾けながらも、僕は目の前の絶景に見入る。

まるで雨のように流れる星の煌《きら》めきは、僕らの視線を釘づけにした。

「……すごいね」

「うん。僕はこんなにも美しい景色を知らない」

一緒になって感嘆の声を漏らした。

「流れ星に三回同じ願い事をすれば叶うって、本当かな？」

彼女が言う。

「もしそれが本当でも、こんな短い時間に三回も願うなんてこと、さすがにできないでしょ」

「きっと、短い間でも三回も願えるほど、常に思っている願いがある人が叶うんだよ」

「なるほど、深いことを言うね」

「星のことですから」

得意げな彼女の横顔を窺いつつも、流れてくる星々に願ってみる。『彼女の病気が良くなりますように』と、一応三回。そんな彼女は、この星々になにを願っているんだろう。

「星って、たくさんの色があると思わない？」

「そうだね、星空がこんなにも鮮やかだとは思っていなかったよ」

「それってね、星の寿命に関係してるんだって。今は人生の中で一番輝いてるから金色に光ったり、一番怒ってるから赤く光ったり、一番悲しんでるから青く光ったりしてるんだよ？　それって素敵だと思わない？　自分の気持ちを光で表現できるなんて」

それは、彼女が僕と出会ったときから言っていた星に対する感情の比喩だった。今までは感情に機敏な彼女らしくそう喩えているだけなのだと思っていたけれど、きっとそれだけではない。彼女は、心から星になりたくて、この輝きになりたくて、憧れの気持ちからそう言っているんだ。

「きっと君だからそう思えるんだ。僕にはそんなふうには考えられない。きっと僕が星になれたとしても、こんなにも綺麗には輝けない。精々が六等星だよ」

「六等星だっていいじゃない。ちゃんと空のどこかで輝いているんだから」

「だとしても、僕は君みたいな一等星の輝きに塗り潰されてしまいそうだ」

彼女は星空に目を向けたまま「私は最期の灯火だから特別輝いてるの」とおどけて言ってから、なおも言葉を続けた。

「私は嬉しいことも悲しいことも、あんな星の光みたいに綺麗に残せたらいいなって思うの。こんなにも綺麗に輝けるなら、それはすっごく素敵なことだなって」

ああそうか、だから彼女はいつも全力で生きようとして、その結果あんなにも輝いた笑顔になれるんだ。教室で友人と騒がしく話すときも、なにかを食べているときも、僕の話に大きくリアクションするときも、そして——写真を撮られているときも。必死に、この輝きになろうとして。

「今僕らが見ている星の光はずっと昔のものだって、君は言ってたよね。だから……」

——死んだあとも綺麗に遺したいってこと？

出かかった言葉は慌てて引っ込めた。馬鹿みたいな考えだけど、今これを言ってしまったら彼女が本当に星になってしまう気がしたのだ。僕らを飲み込むような無数の星が、そんな錯覚を覚えさせたのかもしれない。

彼女の横顔は相変わらずよく見えないけれど、なんとなく微笑んだ気がした。

『私の気持ちも、そうやって私がいなくなったあとも生き続ける人たちに綺麗に伝わればいいなって。私という人がいたんだよって』

「…………」

「そうすれば、今を本気で生きようって思えるの、あとで見られて恥ずかしくないようにってね」

これこそが、彼女の笑顔の根源だったんだ。常に笑顔でい続けようとする理由。

「君は立派だね」

そう思った。彼女のまっすぐな生き様が、僕には立派に見えたのだ。

「お、君が素直に褒めるなんて珍しい」

「僕じゃきっと、そうは思えないから」

「そうだ、たしか君の座右の銘は、なんだっけ？　ニンゲン、ヨーガ馬……？」

「人間万事塞翁が馬、だよ」

この話をしたのが、ずいぶん前に感じられる。あのときは彼女を撮るということがどういうことなのか、まったく考えていなかった。

「そうそう、それ。でもさ、こうして星空を見ていると思わない？　自分ってちっぽけだなって。私たちが生きている間の時間なんて、この星空からしたら瞬き程度の時間なの。私が病気で苦しむ時間はもっともっと短い。だから弱音なんて吐いてられないんだよ」

「…………」

なにも言えなかった。今まで自己主張もなく受動的に生きてきた僕と、壮大な星空と比べて生きてきた彼女とでは、なにもかもが違いすぎた。彼女がちっぽけなのだとしたら、僕はどうなってしまうというのだろうか。

「ふふふ、ロマンチックな星空を見てることだし、恋バナでもしよっか！」

「どうしてそうなるのさ。そういうノリに僕を巻き込まないでほしい」

こういった空気感を暗くさせない振る舞いも、きっと彼女の計《はか》らいなのだろうけど、話題の方向性を僕に合わせてほしいものだ。

「巻き込むのが私の性質なんだよ。だから諦めて」

「君はつくづく自分に理解があるよね。理解があるのなら自粛《じしゅく》してほしいんだけど」

「自粛しないのも私の性質だから諦めて」

そう言われてしまえば、どうしようもなかった。

「そもそも前にもそういった話はしたでしょ。クラスの女子同士でしてよ。僕には荷が重い」

「君はちゃんとした恋をしたことがないんだよね？」

「ちょっと……」

「ないんだよね？」

彼女を前にして、僕の意思なんてないに等しかった。受動的な性質の僕と、積極性のある彼女との相性は最悪だ。

「……ないよ。そう言ったじゃないか」

「じゃあさ、これからしようっていう気はあるの？」

今後の話。きっといつかはするんだろうけど、僕にはよくわからないというのが実際だった。それに、彼女に対して未来の話というのはどうしてもしにくい。

「……僕のことより、君のほうが経験豊富なんじゃない？　モテるって自分で言ってたでしょ」

わざとらしかったけれど、僕は無理やり話題を変える。彼女から不満そうな溜息が聞こえたけれど、それ以上は追及してこなかった。

「経験があるって言っても、全部上っ面なものだけだよ。周りは私のことを誤解してるんだと思う」

「誤解？」

「今まで好意を抱いてくれた人は、私の外見しか見てなかった。なんとなく話しやすいだとか、可愛いだとか、スタイルがいいだとか。そんなことしか言わない」

でもそういったことが好意に繋がっていくんじゃないだろうか。思ったことをそのまま伝えると、彼女が首を横に振ったのがわかった。

「そりゃあね、私だって誰かを格好いいと思ったりはするよ。昔は幼いながらも近所のお兄さんを格好いいなぁってすごく慕ってた。でも、そういうのって恋愛とは違って憧れなんだよ。だから私のことを好きになってくれる人も、私みたいな八方美人な子と付き合える自分自身に憧れているだけ」

彼女のことを八方美人だと思ったことはなかった。誰とでも楽しそうに話していたし、自然な振る舞いに見えていたから、それが意識的な八方美人だと感じたことは一度もない。

「容姿を褒められるのは嬉しい。楽しい人だと言ってもらえるのも嬉しい。でもね、私はなによりも私の心に寄り添ってほしいの」

心に寄り添う、というのがどういうことなのか僕にはよくわからなかった。彼女が本当はなにを思って生きているのか、いつもの笑顔の裏になにかを隠しているのか。ここまで時間を共有してきた僕でもわからない。

僕にはひどく難しい話に思えた。

修学旅行の夜にするガールズトークとは似ても似つかない、彼女の恋の話。

「それに、私って病気だからさ、ちゃんと内面を知ってから好きになってもらわないと、きっと後悔させちゃうからね」

おどけるように彼女は言った。

「たしかに、訳あり物件を無言で売り出すなんて悪徳商法だ」

「あはははっ。そうそう、私は詐欺師じゃなくて、今を生きる女子高生だからね。そういうわけで、私が恋をするにしても、内面を知ってもらわなきゃいけないの」

「僕としても詐欺師の知り合いはごめんだ」

「でしょ？　だから、私の恋愛対象は君だけってことだね」

人に自分のことを好きになるなと言っておきながら、なにを言い出すのだろう。

「どうしてそうなるの？」

「君しかいないからだよ！」

そこで彼女が声を張り上げた。

「だって私は病気のことをこれ以上誰かに言おうと思ってないから。気を遣われるのは嫌なの」

「だったら目ぼしい人を見つけて、その人にだけ病気のことを打ち明ければいい」

そこで一瞬の間が空いた。暖かい服を着て寝袋に入っているとはいえ、ときおり吹いてくる風はやっぱり冷たい。

「それだとやっぱり駄目なんだよ。きっと離れていかれちゃうか、余計に優しくされるだけだと思うから」

「離れていかれるというのならまだしも、優しくされるのも嫌なの？」

「嫌だよ。それは私にじゃなくて、私の病気に優しいだけだから。私を殺そうとしている病気に優しくするやつなんて、私の敵に決まってるじゃん」

それは〝少しだけ自意識過剰〟だと言う、実に彼女らしい言い分だと思った。僕はたびたび彼女に感心させられている気がする。僕の思い浮かばないような考えで、それでも納得させてくる。

「君らしい、とか思った？」

「よくわかったね。そう思っていたところ」

「やっぱり－。よく君らしいって言うけど、なにが私らしいの？」

「僕と正反対なことを言うところ」

「と言うと？」

彼女の寝袋が動く気配がした。僕の方を向いたのだと思った。

「僕が君と同じ立場だったら、恋人には優しくしてほしいと思うかな。だって自分は辛い状況にあるわけだから。だけど君は優しくしてくるやつのことを敵だって言い切った。それが君らしいと思った理由」

「君って、案外乙女だね」

僕には似合わない『乙女』という言葉を使ったからか、彼女は自分で言って笑っていた。

何度も何度も彼女は大袈裟に笑う。周囲に人がいないことをいいことに、いつもより三割増しの声量で笑っていた。まるで、星空に対して生きていて幸せだと訴えているみたいに。

「ところでさ、私ずっと気になってたことがあるんだけど、聞いてもいい？」

やっと笑いがおさまったときに、彼女がふいにたずねてくる。

「あらたまってどうしたの。普段の君なら了承なんて得ないのに。今度は君らしくもない」

「あんまり聞かれたくないのかもって思ってたけど、じゃあ遠慮なく聞いちゃうね」

彼女はそう前置きし、僕にとってあまり突っ込まれたくないところを正確に突いてきた。

「君って私の名前を呼んでくれないけど、どうして？」

「ああ、それか。僕が会話をするのなんて塁か君くらいだからね。君は君で通じるし、不便ないから」

「人を君って呼ぶの、けっこう失礼なことだと思うけど」

「君だってしてる」

「私は君の真似。少なくとも、一緒に出掛けはじめたときは名前を呼んでたよ、私は」

思い返してみればたしかにそうだったかもしれない。彼女が僕のことを君と言い出したのはいつからだったか。

「……人に自分の名前を呼ばれたくないから、僕も呼ばないんだよ」

「どうして？　天野輝彦、素敵な名前だと思うけど」

「そうだね、たしかに素敵な名前だ。でも僕の身には余る」

「どういうこと？」

「天野輝彦だなんて、まるで彦星みたいじゃないか。天の川に輝く彦星、みたいに。そんなの僕が名乗っていい名前じゃない」

「うふふ、そういうことかぁ」

「どうして笑うの」

「いいや、たしかに今の君には似合わないかもしれないかなーって」

「失礼だけど、その通りだよ。だから……」

「でも、名は体を表すって言うから。だから、今は身に余るとしても、これからその名前に相応しい人になる努力をすればいいんだよ」

「それは……」

その通りだ。正論な上に、それを言ったのがベガ、織姫を名乗って憚《はばか》らない彼女の言葉なのだから、変に説得力がある。

「織姫である私が言うんだから大丈夫。六等星だと君は自分を卑下してたけど、君は彦星——アルタイルになれるよ、きっと」

だから、と彼女は言って、こう続けた。

「もしも、自分の名前を名乗るのが恥ずかしくないと思える日が来たら、そのときはきっと、私の名前を呼んでね」

そんな日がくるのだろうか。もし仮にそう思える日がきたとして、彼女は僕の近くにいるのだろうか。僕が覗くファインダーの向こう側に、笑いながら立ち続けてくれているんだろうか。

考えたくなくて、思考を放棄した。

そうして僕らは星空を見上げ続けた。

ずっと長い時間、とうとう自分が夜空の闇と星々の輝きに溶け込んでしまいそうだと思えてきてしまうほど、頭上を眺め続けていた。

彼女の「寒いっ！」という声が放たれるまで、僕らはこの星空に魅入っていた。ログハウスに戻り、布団を敷いて就寝の準備をする。「今夜はふたりきり……なんだよ？」という彼女の戯言を受け流しつつ、僕は敷いた布団に飛び込んだ。

布団の柔らかな感覚が、長旅の身体を包み込み睡眠を促してくる。彼女は、先ほどしていた恋バナとやらを再開したいみたいだったけど、僕が無視を決め込んだら、諦めてくれたようだった。

「君はさ、今日楽しかった？」

「……そうだね、僕ひとりではおそらく一生経験できないことばかりだったと思う。楽しかったよ」

「そっかぁ、嬉しいな」

「君は？って聞くまでもないか。楽しんでいたのは僕の目から見ても明らかだったからね」

「うん！　すっごい楽しかった！」

「それはよかったよ」

「また来ようね。次は冬の星空が見たいな。冬は空気が澄んでるから、もっと綺麗に見えると思うよ！」

本当にまたここに一緒に来たいのだという気持ちが、その上擦った声質で伝わってくる。僕と彼女が離れて寝られるほどの空間はなかったため、やむなく並んで布団を敷いたのだけど、普段は伝わってこない彼女の細かな感情が窺えた。

先ほどの星空を思い起こそうと、僕はカメラを手に取った。あまり写りは良くなかったものの、記念に星空を写真に収めておいたのだ。うつ伏せの体勢で一枚一枚撮った写真を見ていく。

「私も見たいー」

彼女は回転しながら僕の布団の領域に踏み込んでくる。肩と肩が触れ合ってしまいそうな距離だった。ひとつの布団の上で密着してくる彼女は、僕の手元のカメラを覗き込むためにさらに距離を縮めてくる。

「ちょっと、近いよ」

「見えないんだから仕方ないでしょ」

そう言って露骨に密着してくる。すでに肩から二の腕の辺りには彼女の温もりが感じられた。人肌の柔らかさや仄かに甘い匂い、僕とは決して重ならない息遣い。そういった彼女を構成している要素に、僕の五感は敏感に反応していた。

「カメラそっちに寄せるから、もう少し離れて。近づかれると暑い」

「えー、いいじゃんこのままでー」

僕たちは寝巻を持参していなかったから肌着での就寝を決めたのだが、彼女の姿は目のやり場に困った。異性が目と鼻の先にいるのだというのだから、僕としては距離を取りたいところなのだが。

「さすがに寄りすぎだよ。そこまで近づかなくてもいいでしょ」

身を引いて布団の端に寄るたびに彼女も距離を詰めてくるので、僕の空間が狭まるだけで状況はむしろ悪くなった。

「おやー？　私のことを意識してるのかなー？」

「うるさい。口を開くなら本当に離れて。写真を見るんだったら静かにして」

「はーい、静かにしまーす」

大人しくなった彼女は依然として密着状態を解こうとはしないが、静かにカメラを見ているので良しとした。

手持ちで撮ったせいで、ほとんどの写真がブレていたけど、たった一枚だけ流れ星を奇跡的に収められたものがあった。意外にもけっこうな量を撮っていたので、僕らは飽きることなく無言でカメラを見続けた。

「おお！　やっぱりいい写真になってるじゃん！」

反応を示したのは、僕らがログハウスに戻ろうとしたときに彼女の提案から撮った写真だった。

星も一緒に収められるように地面にカメラを置いた下からのアングルの写真だった

けれど、思いの外よく撮れていたようだった。

それは星空を背景にした、僕と彼女とのツーショットだ。写真の真ん中には天の川を挟んで立っていて、それはまるで昔話の七夕みたいだなと思った。

「贅沢なツーショットだね。天の川を背景にって」

「ふふふっ、もうこれは織姫と彦星だね」

「それだと僕らは年に一回しか会うことができないね」

「じゃあもう会えるかわからないなー。来年の七夕まで私が生きていられないかもしれないし」

「そういうこと、平気な顔で言うのやめてくれる？」

いつもの彼女だったなら、こんな僕の突っ込みも笑顔で受け流してくれたはずだ。だけど、彼女は押し黙った。

今さらながら、僕は恐る恐る彼女の方へと振り向く。

目の前には彼女の顔があった。吐息がかかってしまうほど近い距離に。

僕の視線は自然と彼女の口元に吸い寄せられる。少しでも動けばその唇に触れてしまいそうだなと思った。

「……平気な顔に、見える？」

小刻みに、彼女の唇が震えていた。いつもの笑顔ではなく、弱々しい笑みをその顔に貼りつけて。

怖くないわけがなかった。未来を想像しても、自分にはそんなものがないかもしれないという事実が、怖くないわけがない。

僕は勘違いしていた。彼女は強い人間だと、そう思っていた。でもそうじゃなかった。彼女は少し強がりな、運が悪かっただけの女の子なんだ。僕と同い年の子が、そんな理不尽な現実を受け入れているほうがおかしな話だったんだ。

本当は今まで見ないふりをしていたのかもしれない。彼女に迫っている終わりから目を逸らしていたのかもしれない。僕は、彼女の強がった姿に甘えていたんだ。

残酷な現実を映す彼女の視線を遠ざけるため、背を向けた。彼女の瞳を見ていると、そこに内包された恐怖に呑み込まれてしまいそうだった。

僕は、また逃げてしまった。

彼女が後ろで僕の服の背をキュッと握ったのがわかる。その弱々しい握力が、彼女の不安を表しているみたいで。けれど、僕にはその儚《はかな》げな小さな手を握り返すことすらもできなかった。

僕は彼女のカメラマンになると決めたんだ。逃げてばっかりじゃいけない。それだけは間違いなかった。

あらためて、僕が彼女のためにできることはなんだろうと考える。

今までは彼女の姿を、最高の形で写真として残してあげたいと思っていた。けれど、それだけじゃない。

死という現実を、僕も一緒に受け入れなくちゃいけない。

それが彼女と一緒にいることへの本当の覚悟なんだと、そう思った。


翌日は、寄り道をすることもなく帰途に着いた。お互いに旅の疲れが溜まっているのか口数は少なく、彼女との会話の中に印象的なものはなかった。

「二日間、たくさんありがと」

「こちらこそ」

「次は冬の星空だね」

「そうだね、僕は防寒を完璧にしないといけない」

「うんうん、冬の山はすっごい冷えるみたいだからね」

駅に着いて次の約束を交わす。

思い返すと、この旅行の間、僕が笑顔だった時間もきっと多かったはずだ。彼女の笑顔を見ていた僕の頬も、自然に緩んでいたから。

「それじゃあ、またね」

「うん、また」

「って言っても、私たちの学校って進学校を名乗ってるから、夏期講習ですぐに会うんだけどね」

「そうだね、君みたいな人は気にせず休んでいそうだけど」

「私だってちゃんと参加しますぅー！」

「なら、また明日だね」

「うん！　また明日！」

そう言って、いつも通り別れた。

帰宅してから自分の習慣をこなすことでやっと現実に戻ってきた僕は、むしろ彼女との二日間こそが夢だったんじゃないかと思ってしまった。

たとえば、二日間の思い出などを綴ったメッセージが彼女から送られてくれば、夢じゃなかったんだと思えただろうけど、しかし彼女からの連絡はなかった。

僕は翌日夏期講習を受けに学校に行ったのだが、また明日と言っていた彼女は、姿を現さなかった。

昨日交わした言葉すらも夢の中の出来事だったのだろうかと思い始めたとき、母からのメッセージに気がついた。

どうやら彼女は、入院することになったらしい。

第五章

夏期講習を終えてから一週間、とうとう彼女が退院するみたいだった。

退院した姿を写真に残そうと、僕はカメラを持ち外出の準備をする。きっとまだ病院にいるはずだ。

靴を履いて外に出ようかとしたとき、外で自動車の停止音が聞こえた。家の前でタクシーが停まったようだ。

「たっだいまー！」

「お邪魔しまーす……」

ずいぶん仕事の帰りが早い母と、その後ろにはなぜだか、これから写真を撮りに行こうかと思っていた彼女がいた。

「おや？　輝彦外出？」

「いや、今その必要性がなくなった」

「ああ、香織ちゃんに会いに行こうと思ってたんだ」

「えっ！　そうなの！」

「いちいち反応しなくていいよ。ただの気まぐれだから。退院するときの様子でも写真に収めておこうかなと思っただけ」

「そっかぁ。えへへ」

「だから気まぐれだって……」

入院していたはずだけど、彼女は元気そうだった。その表情に僕はホッと胸を撫で下ろす。

そうこうしているうちに、母が彼女を手招いた。

「あっ、はい！　お邪魔します」

最初こそ遠慮がちに家に入ってきた彼女だけど、いつの間にか普段通りの態度になり、堂々と我が家の食卓をともに囲み、母の作った昼食を食べていた。そうして気がつけば、僕の部屋でふたりきりの状態となっていた。

「ここが君の部屋かー」

「物色しないで。ちょっと、ベッドの下を調べてもなにも出てこないから」

「ほんっとになにもないね、良く言えば清潔だけど、悪く言うとつまんないね」

「悪く言わなくていいよ。片付いていると言ってほしい」

「私なんて、いきなり人を招待しても自分の部屋はまず見せられないからね」

彼女は満足気な笑みを浮かべながら、僕の部屋を見回していた。さほど広くはない部屋には学習机やベッド、本棚といった最低限のものしか置かれておらず、彼女の興味を惹くものなんてないだろう。

「あ、これって！」

と思っていたのもつかの間、彼女は僕の学習机の上に置かれているものに注目した。

「ああ、それか」

彼女の興味を示したものは、今まで撮影してきた彼女の写真を現像したものだった。

彼女は今までの写真をすべて持ち出し、僕のベッドに無遠慮に腰をかける。特段座られて問題があるというわけでもないので、僕も彼女の隣に腰を下ろした。

「一応今まで撮ってきた写真を現像しておいたんだよ」

「そうなんだ、ありがとー」

僕もまだ現物をじっくり確認してはいなかったので、百枚にも上る写真の数々を彼女とともに眺めた。

「いやー、どれもぎこちないね。最近は撮られることに慣れてきたんだけど、最初学校の屋上で撮ったやつとか、夕焼けがなかったらきっとすごい顔してたよ、私」

「僕の写真の撮り方も悪いよ。君を写すことしか考えていなかった」

「撮られるときもだけど、撮ったものを見るのもけっこう恥ずかしいね」

でも、そう言う彼女の表情は楽しそうだった。今まで撮ってきたときのことを思い返しているのかもしれない。

「そういえば……っと、私もね君に見てほしいものがあるんだ」

「見てほしいもの？」

「ふふ、入院中の暇なときに、君に会いたくて会いたくて仕方なかった私は、こんなものを作っちゃいました ー！」

ドンドンパフパフ～と、謎の奇声を発しながら彼女は一冊のノートを取り出す。

「これは？」

「私の宝物になる予定のノートだよ」

「どういうこと？」

ますます意味がわからない。

「じゃっじゃーん！」

彼女がノートを開く。その中でまず目を引いたものは、以前彼女と天体観測に行ったときに撮った例の贅沢なツーショット写真だった。遠出から帰る際に、欲しいと言われたので現像して彼女に渡していたのだ。そして、その写真の上部には【君と星を見に行く】と書かれていた。

そのほかにも【君の家に行く】【君とジェットコースターに乗って叫ぶ】【マスターいつものでって言ってみる】【ウユニ塩湖《えんこ》に行く】などと、いくつもの彼女の〝希望〟が記されていて、その一文ごとに一枚の写真を張りつけられる程度の空白が用意されていた。

「これはね、私が君と写真を撮りに行きたい場所とそのシチュエーションのリストなんだ」

星空を見に行ったときに撮った写真が嬉しくって、ほかにも一緒に撮りたい場所を考えたそうだ。

「いいんじゃないかな。行きたいところに行って、やりたいことをやる。実に君らしい。でもやっぱり僕が同行するんだね」

「それはもちろん！」

彼女の中では、前提として僕の同行が決まっているらしい。強く拒むことをしない受動的な僕は、彼女の格好の餌食《えじき》というわけだ。

「でも強制はしないよ。一緒にいてくれるなら嬉しいけど、君次第。君には君の人生があるんだからね。写真は撮ってもらいたいけど、場所は無理強いしないよ」

今まで常に我が物顔で突き進んできた彼女らしからぬ言葉だった。そのことに多少の気がかりはあったものの「考えておくよ」とだけ返答して、その会話を終えた。

そのあとは、他愛のない話をした。互いの家族の話だったり、学校での女子の縦社会は大変だって話を聞かされたり、期末考査の結果を教え合い、実は彼女と僕の成績がそんなに変わらなかったということにショックを受けたりもした。

それはひとりの高校生として当たり前の会話だった。当たり前でなくてはならない会話だった。彼女がこれからもずっと続けていくはずの、会話だった。

彼女が興味を持ったテレビゲームをしているうちに陽が傾いてきて、僕らは解散することになった。

結局彼女がなにをしに来たかはわからなかったけど、もしかしたら僕の自宅に上がること自体が目的だったのかもしれない。彼女のノートにも【君の家に行く】とあったわけだし。

彼女のノートを埋めるため、僕らはふたり並んで部屋で写真を撮った。ノートに貼るためのものだから簡単な写真でいいということだったので、彼女の持つ携帯電話での撮影だった。

どこかに置いてタイマーで撮ったわけではなく、いわゆる自撮り形式での撮影。そのため、画面に収まるように彼女と密着したわけだけど、この間の遠出の際に慣れたのか、僕は動揺なんてしなかった。そんな僕の様子に彼女はつまらなそうにしていたので、むしろこちらとしてはしてやったりだ。

そうして彼女を自宅に送るために家をあとにする。「泊まっていけばいいのにー」という母の世迷言《よまいごと》は完全に無視だ。

「ふわぁー、楽しかった」

勢大に欠伸《あくび》をしながらも、彼女は満足気に頷く。

「早速、ノートに貼れる写真が撮れてよかったね」

「うん！」

思えば僕は彼女に連れ回されてばっかりで、いつも行く先がわからなかった。こんなふうに僕が彼女を送ることは、今までなかった。西陽が背を照らして、僕らの影を伸ばしていた。

「ほんとはね、君に言いたいことがあったから今日会いに来たんだ。言いにくいんだけどね」

自分の影を追いかけるように少し先を進む彼女はそう言った。

「君が言いにくいことって、嫌な予感しかしないんだけど」

事実そうだ。聞かないに越したことはないのだろう。それでも彼女は口を閉ざさない、僕にはそんな確信があった。

「じゃあさ、ひとつ簡単な賭けしない？」

「賭けって？」

「私の言いたいことって、君に対してのお願いでもあるから、賭けに勝ったらお願いを叶えてもらおうかなって」

「……どんな賭けをするの？」

そこで少し前を歩く彼女が唐突に立ち止まった。僕も合わせて歩を止める。

「次にそこの曲がり角から歩いてくる人は女性か男性か、どう？」

「二分の一か、シュレディンガーみたいだね」

　今、僕たちからすれば、あの角の向こうから来る人は、男性でも女性でもあるということになる。目にしてみなければ本当のところはわからない。要は単純な運勝負ということだ。

「わけわからないこと言ってないで、どっちか決めて！　私は君の選択しなかったほうにする。私が勝ったら、ひとつだけお願いを聞いてね」

　彼女は重ねてそう言った。

　きっと碌なお願いではないんだろうけど、彼女の言葉は気になったし単純な運勝負なので僕にも勝機はある。僕が賭けに勝ったら安全な形で彼女の言葉を聞き出そう。

「……じゃあ、女性」

「なら、私は男性ね」

　そうして僕らは黙って人が通りかかるのを待つ。言いづらいことってなんだろうと考えていると、敏感になった僕の聴覚が曲がり角の先から人の足音を拾った。僕たちの視界に最初に映ったのは……。

「……犬？」

　驚いた。猫ならともかく、まさか犬が現れるとは。

　続いて女性の飼い主が現れる。

高校生ふたりに凝視され、面食らった様子の飼い主に僕はひとこと謝罪した。

最初に現れた人は女性だったので、僕の勝ちのように思えるが……。

「わぁ！　シェルティーだ、かわいー！」

彼女は即座にその中型犬に反応した。たしかにつぶらな瞳と柔らかそうな毛並みが愛らしい。

「あのー、このシェルティーちゃんって男の子ですか？　女の子ですか？」

彼女は躊躇いもなく飼い主に話しかけ、その犬がオスだという情報を入手したらしかった。

「それで、最初に通った人は、女性だったけど？」

「なに言ってるの、あの可愛いシェルティーは男の子だったよ！　私の勝ち！」

「君は通った人って言った」

「細かいなー。犬だってちゃんと生きてるんだから！　お犬様だよ」

君は綱吉《つなよし》なのかと突っ込みたくもなったが、しかし大病を患う彼女を前にしては、なにも言えなかった。

「そういうことで、賭けは私の勝ちってことだね」

「……わかったよ」

「あのさ、前に言ったよね。私には君しかいないって」

急になんの話だろう。俯いて次の言葉を探るようにしている彼女の様子を見ていたら、先日ふたりで星を見ていたときのことを思い出した。

その直後、君しかいない、その彼女の言葉が、なにを指しているのかを理解してしまった。まさか、と思った。

「私、君が好き……だから」

まさか、と思った僕の思考は、彼女の言葉に代弁されていた。

「私と付き合ってほしい」

時間が止まってしまったのではないかと、そんな錯覚を覚えた。しかしそれは文字通りの錯覚のようで、僕の周囲の景色は正常だった。ただ僕だけが止まっているようで、手も足も動かせずに、声も発せられない。

僕の硬直と彼女の静寂は、結果として一分ほどの沈黙を作り出した。

僕は無意識に右足を一歩後退させていた。たったそれだけの動きだったのに、それが彼女を深く傷つけたのだと、直後に察した。

「はは、はははは。だよね」

そこで彼女が無理やり笑顔を貼りつける。けれど、その表情は一瞬のうちに崩れていった。

「いや、これはっ！」

君が嫌なわけじゃないんだ、と僕は伝えたかった。けれど、言葉が出なかった。嫌じゃなければなんなのだと、そう問われてしまえば僕はなにも言えない。

「ほら、私って自分勝手だからさ。君に駄目だなんて言っておいて、自分が好きになっちゃった」

冗談めかして言っているけれど、嘘を言っているとは思えなかった。だって彼女は膝とピザをかけたり、広辞苑と甲子園をかけたり、そんなくだらない冗談しか言えないのだから。

それになによりも、人を傷つけるかもしれない冗談を、彼女が言うようには思えなかった。少なくとも、今までの付き合いの中で、僕は彼女をそういう人間なんだと評価していた。

ただ僕は、余命が幾許《いくばく》もないとされる彼女との関係を深める選択を、取れないだけだった。

「……僕は君のカメラマンだ。なによりも前提にそれがある」

「うん」

「だから、君との約束を守らなくちゃいけない。写真を撮ると決めたときに、君が僕に〝私のことを好きになってはいけない〟って言ったんだから」

僕はそう、言い訳をすることしかできなかった。

「うん、うん。そうだよね！　あはは、ごめんねっ。変なこと言って。馬鹿だなー私」

彼女に応えられないことが悔しかった。彼女の気持ちが本気だということはわかっているのに。

彼女のことは嫌いじゃない。むしろ尊敬しているくらいだ。だけど、僕は彼女との関係を深めることに抵抗があった。失うとわかっている人を思うことほど辛いことはないだろうと。

無理やり笑おうとする姿が痛々しくて、僕の胸はさらに締めつけられた。

「賭けなんてしなくてもわかってたのにね。送ってくれてありがと！　ここまででいいよ。じゃあね！」

そう言って、彼女は一方的にその場を離れていった。

『こうして星空を見ていると思わない？　自分ってちっぽけだなって』

あの日彼女はそう言っていた。けれど、彼女はちっぽけなんかじゃない。自分の気持ちから逃げ出さずに向き合える人が、ちっぽけなはずがない。

僕のほうがずっとずっとちっぽけだ。僕には度胸も覚悟も、なにもかもが足りていない。

彼女を撮るということを、僕はちゃんとわかっていなかった。彼女がどんな気持ちで僕に写真を撮ってと言ったのかも。

彼女の後ろ姿が見えなくなったあとも、僕はしばらく動くことができなかった。

その場には、立ち尽くす僕と後悔、そして彼女を傷つけたという罪悪感だけが、残っていた。


「香織ちゃんとなにかあった?」

帰宅して早々、母はそう問いかけてきた。普段通りにしているつもりだったのに、母には僕の様子が違うということがすぐわかったのだろう。

「なにもないよ」

「喧嘩でもしたの?」

「してない」

「なら嫌われた?」

「それも、多分ない」

「じゃあ告白された?」

「……違う」

「なににしたって、香織ちゃんを大切にしてあげるんだよ。あの子、見た目よりもずっと傷つきやすくて繊細だから」

母の手痛い助言を無言で受け止める。

入浴も食事も後回しにして、僕は自室に戻った。彼女からの気持ち、そして自分の気持ち。彼女との関係性や、これからのことについて考えようと思って自室に戻ったのに、それは叶わなかった。

「これはまた……」

僕は自室を見て苦笑いを浮かべた。

「よくもまあ、なにもない部屋をここまで散らかせるな」

そこには、彼女の存在の形跡がまざまざと残っていた。

自室の惨状を見て、彼女との時間を想起させる。彼女というひとりの女の子がいるだけで、普段は静かな僕の部屋にも笑い声が満ち溢れていた。途絶えることのない会話に、絶え間なく聞こえる笑い声。ときに沈黙が横たわっても、それは決して気まずいものではなく。

いつの間にか僕は彼女と過ごす時間を楽しいと感じていた。少なくとも、部屋を荒らされても、怒るどころか楽しかった記憶が甦るほどには。

「私には君しかいない、か……」

それは僕のセリフだと、今さらながらに気がついた。笑うのが苦手だと思っていた僕を、自然に笑わせてくれるのは、きっと君しかいない。

僕は携帯電話を取り出し、彼女にメッセージを送信する。そうして僕は返信など待たずに、家を出た。

思えば、自分から彼女に連絡をしたのもこれが初めてだった。

僕は彼女を呼び出した場所、学校の前へとバイクを走らせた。

すでに世界は夜の顔を見せ、辺りは街灯を頼らなければ視界は心許ない。そんな暗闇の中で待つこと数十分、送ったメッセージへの返答はなかったものの、彼女が姿を現した。

「こんばんは」

「こんばんは」

声をかけるも、彼女の足取りや声質はやや重い。目元は赤く、手足は震えていた。それでも、先ほど見せてもらった思い出を残すためのノートだけは、その胸元にしっかりと握られていた。

「来てくれてありがとう」

「いきなりメッセージが届いたときは、びっくりしちゃったけどね」

彼女の様子が落ち込んでいると、僕の調子だって狂ってしまう。彼女が僕を笑わせてくれるとは言ったけれど、それは彼女のいつもの笑顔があってのものだ。僕はそんな表情を見たいと思った。

「せっかくだし、夜の学校に入ってみようか」

「君らしくない提案だね」

彼女の声音はやっぱりまだ重かったけれど、少しだけおもしろそうに顔を上げた。

「うん、たまには僕が君を連れ回すのもいいかなと思って。きっと君にとっていい思い出になるから」

「……そっか、なら行かなくちゃね！」

そこで彼女がやっと頬を緩ませた。僕は極力音を立てずに学校の門をよじ登る。

きっと侵入が見つかれば説教じゃすまない、停学処分だって有り得るだろうな、なんて思いながらもふたりして学校への侵入に成功する。彼女のご機嫌取りのために、自分がここまでするなんて、思ってもみなかった。

「屋上の鍵は……」

僕の思考を見抜いてるとばかりに、彼女は懐から鍵を取り出して得意げに見せてきた。これで向かう場所は決まった。

まだ学校に残っている教師はいるようで、昇降口の扉は開いていた。僕らは静かに校舎へと入っていった。

「ふふっ、なんだかドキドキするね」

人気のない静かな廊下には彼女の声だけが響く。消火器を示す赤いランプだけが灯されていて、その赤が否応《いやおう》なく僕の不安を煽る。予想以上に夜の学校内はホラー的だった。そんな中を彼女は軽快な足取りで進んでいく。

「暗いところは平気なの？」

「ううん、苦手だよ！　遊園地のお化け屋敷とか怖いもん」

「今は怖くないの？」

「怖くないよ。君が隣にいてくれるからね」

「………………」

よくもそんな歯の浮くようなことを言える。僕といえば彼女に対してなにも素直な言葉を告げられないのに。

僕らはそのまま屋上へと進んでいった。

「とうちゃーく！」

屋上の扉を開くと、そこには夜の街が広がっていた。点々と住宅街の明かりや薄い星空が見て取れる。

「夜の屋上なんて初めて来たけど、いい眺めだね」

「私は天文部だから何回も来てるけどね」

彼女はこの景色も見慣れているのかもしれないけれど、僕の目には綺麗に映った。

「星も薄っすらだけど見えるね」

「うんうん、見えるねぇ。デネブにアルタイルにベガ……」

彼女は星を見に行ったときのようにひとつひとつ星を指し示す。

「夏の大三角？」

彼女が指差すベガは薄い星空の中でも大きく光っていた、それに対抗するように、
彼女が僕を振り返って笑う。まるで輝きを競い合っているみたいだ。

「やっぱり君としては、この屋上でももっと星が見えたらいいなって思うの？」

「そりゃたしかに、あのときの星空を学校の屋上で見られたら素敵だなーとは思うけど、でもいいの」

「そうなの？」

「だってほら、見てみて。ここから見えるたくさんの街の明かりは人の営みだよ。街の明かりのせいで星空は見えないけど、それでもこの光のひとつひとつはみんなの輝きだと思うから。だからこれはこれでいい景色だと思う」

そう言う彼女は、優しい微笑みを零していた。

「その通りだ」

空に浮かぶベガも、この人々の営みを、彼女のような温かな微笑みで見守っているのだろうか。

「私ね、本当の私だけを見てくれる君をひとりじめしたかったんだ。だから好きだな

んて言った」

実はね、と彼女は続ける。

「旅行から帰ったあとに病院でね、両親が先生からなにかを言われて泣いているところを見ちゃったんだ。それで、きっと私には時間がないんだろうなと思って、焦ったんだと思う」

淡々と話しているような声音だったけど、しかし彼女の表情はそんな現実に押し潰されないように、必死に俯かないようにと努めているように見えた。

「私はもう人に頼らないと生きていけない身体だから。お母さんにもお父さんにもお兄ちゃんにも、お医者さんにも、ほかの人にもたくさん頼ってる。血だって輸血しないと生きていけない。だから、せめてそんな人たちに少しでも笑っていてもらえるように、私は笑うようにしてたんだけどさ、わからなくなっちゃって」

「…………」

「なんで笑ってるんだろうって、どうして笑えてるんだろうって。いつ死んでもおかしくないのに笑っていられるなんて、おかしいでしょ？　そんな自分自身がわからなくなっちゃったの」

彼女の根底にある、今まで語られなかった感情。彼女の恐怖は、純粋な死に対してだけではなく、病気によって変わりゆく自分自身に対してでもあった。

「でもね、君は違ったの。あの日、あの雨の花火大会の日。君は私にカメラを向けたでしょ？　その視線はたしかに私を見ていた。私だけを見ていてくれたの。それが嬉しくて」

彼女の口からは、誰にも語られなかった思いが次々と溢れ出していた。

「そうして君と関わるようになって確信した。君といるときだけは、ファインダーを通した君の瞳は、遠慮のない君の言葉たちは、綾部香織というひとりの女の子に向けられたものなんだって、そう思えたの。君に撮られているときの私は、なんで笑っているのかなんて考えている暇もないくらい笑っていた。だから、私は君が欲しくなった。もうすぐ死んじゃうっていうのに、独占欲の塊なんだ、私って」

そうして、一拍空けて言った。

「あらためて言うね。私は君のことが好き。どうしようもなく、好きだよ」

それは数時間前にも彼女の口から聞いた言葉ではあった。でも、先ほどはあった〝付き合ってほしい〟という言葉が発せられることはなかった。

「僕は……」

彼女の言葉に対する回答を、僕は用意してきた。

「僕は君のカメラマンだ」

「うん」

「だから、さっきも言ったように、僕は君を好きになれない。それが約束だから」

彼女はまっすぐに僕を見据えた。きっと耳を塞ぎたい思いのはずなのに、それでも
彼女は逃げ出したりしなかった。

だから、僕だって向き合わなければならない。言いたくない言葉から、応えられな
い悔しさから、彼女という女の子から、逃げてはならなかった。

「あははっ、見事に振られちゃったかー」

「でも」

「……」

「僕は、君と一緒にいたい」

「え……」

「僕は君と一緒にいたいんだ。君は僕の思いもよらない考えや発言をする。そのたび
に僕は君からたくさんのことを学ぶ。僕は君との時間を楽しいと感じていた。だから、
一緒にいたいんだ」

僕は彼女がずっと大事そうに抱えるノートを指す。

「それにさ、これからまだまだ、僕に撮ってもらいたい場所があるんでしょ」

「……もう、君も十分に自分勝手だよ！」

そう言って、僕の肩をひと通り叩いてきた。それから気が済んだのか、少し紅らめ

た顔を僕の方に向けた。

「一緒にいてもらうんだから！　死ぬまで一緒にいさせて、こんないい女と付き合わなかったことを後悔させてやるんだから！」

「お手柔らかにね」

「このノートに書いたところ、全部付き合わせてやる！」

「うん、もちろん」

「……きっと死ぬまでずっと君のことが好きだけどいいの⁉」

「光栄だよ」

「君は約束を守らなきゃ駄目なんだぞ！」

「わかってる」

僕の返答に満足したのか、彼女は今までにないくらい幸せそうな笑みを湛えていた。

「じゃあ君をずっと、私の専属カメラマンにしてあげる！」

結局、僕らは教師に見つかることもなく学校を出た。

すでに夜も更けていて、遅いし家まで送ると申し出たけど、彼女はそれを拒否した。

今日は彼女の退院日なのだ。家で家族が待っているらしく、僕の姿が見られたらややこしくなると言われてしまっては、引き下がるしかなかった。

「じゃあ、またね」

「うん、また」

「行きたいところがたくさんあるから、行くときに連絡するね！」

「準備とかしたいから、できれば事前に連絡してほしいんだけど」

「善処しまーす」

これはどうやら、いつでも出かけられる準備を整えておく必要がありそうだ。

僕はそのまま彼女に背を向けた。


帰宅後も、彼女のこと、そしてこれからのことを考えた。

僕は彼女と恋仲になったわけではない。けれど、彼女から逃げることはもうやめた。

僕は、彼女の写真を撮る。

父の気持ちが、わかった気がした。

父は人を笑顔にするためにカメラを手にしたと言っていたけれど、どうしてカメラを用いたのかまでは考えたことがなかった。

父はきっと、笑顔にしたその姿を、未来にも遺すためにカメラを用いたんだ。患者さんが亡くなったあとも、笑顔の姿が未来に遺るようにって。

僕が彼女にしてあげられること、僕が彼女にしたいこと、それはまだある。

彼女が一番輝いている姿を撮れるのは、きっと僕しかいないから。

辛いとは思う。それでも、それ以上に、僕自身が彼女のことを遺したいんだと心から思った。

僕が彼女の姿を、未来まで連れていってあげるんだと。

最期までカメラを握り続けるという覚悟を決めた。

「僕は、君の遺影を撮るよ」

第六章

結局あれから二日後に彼女に呼び出された。夏休みを一秒たりとも無駄にはしたくないらしい。

彼女は夏休みいっぱいを使って、写真を撮りに行きたい場所すべてに足を運ぶつもりのようだ。

手始めに、僕らは遊園地に向かった。僕は昔に一度だけ家族と来たことがあるくらいで、ほとんど予備知識がない状態だったけれど、それでもその施設の名前くらいは知っている。それほど、有名かつ人気な遊園地なんだろう。

「いやー、こんなに人気だなんて思わなかったよ」

「一日の空きもないなんて思わなかった」

僕らはとりあえず直営のホテルを構えている遊園地に来たのだけど、軽い気持ちで予約状況を聞いてみると八月中の空き部屋はひとつたりとも存在しなかった。

というわけで、気を取り直して施設内のアトラクションを堪能することにする。

「いやあ、混んでるね」

「どうしてたかが数分間のアトラクションに一時間も待てるのか、僕には理解できない。これじゃあ待ち時間がメインじゃないか。娯楽施設でもなんでもない」

「あながちその通りなんじゃない？　頻繁に来るわけじゃないけど、私は待ち時間をどうやって楽しく過ごすかが重要だと思ってる」

「娯楽施設にいるのに自ら楽しみ方を探すなんて、本末転倒だ」

「まあまあそんなこと言わずにさ、きっとこの現実とはかけ離れた世界観を堪能することが一番なんだよ。ということで、隙あり！」

シャッター音が響く。彼女の携帯電話には僕と撮った写真が何枚保存されているのだろう。彼女は僕の気づかないうちに写真を撮っていることが、どうやら多いみたいなのだ。

「まあでも、いい機会かもしれない」

若者や家族連れの来園が多いこともあってか、撮影スポットは多く設けられている。それに彼女の言った通り、背景がまるでファンタジー世界のようなので撮影場所としてはいい環境だ。

「おお！　上がってく上がってく！　すごいよ！」

「うん、そうだね。でも上がるってことは、いつか落ちるんだ」

「ふふっ、それが楽しいんじゃない。君は高いところは苦手？」

「得意ではない」

「だよねー、そんな感じがする。私は高いところ好――きゃあああああ！」

君は実に高所を好みそうだ、という僕の思考と彼女の言葉を遮るように、僕らが身を預けている乗り物は、ついに急降下した。

僕は恐怖から手元のレバーをしっかりと握る。彼女はというと、叫びながらも満面の笑みで両手を挙げていた。

『地球の真ん中』という大袈裟な名前がつけられているだけに、その速度も大袈裟だ。時速にして七十五キロ。向かい風などに対する遮蔽物《しゃへい》もなくそのまま降下するのだから、怖くないはずがない。

その恐怖から、いつ撮影されていたのか僕にはわからなかったけれど、降下の際に写真が撮られていたそうで、僕らは迷わずにその写真を買った。

楽しそうに笑いながら両手を挙げる彼女と、必死にレバーを掴んで恐怖に堪えるように目をきつく瞑《つむ》る僕、という対照的な両者が写った写真だった。僕としてはおもしろくもなんともない写真ではあったけれど、彼女の満足そうな表情を見ていると、これはこれでいいかと思えてくるのだから、僕も大概、彼女のペースに慣れてきたみたいだ。

「これで君のリストがひとつ埋まった」

「うん、そうだね！　ありがと！」

しかし彼女はまだ満足しきってはいないようで、結局このあと四回ほど、僕たちは降下した。それでも、四回目の降下を終えてふとカメラを構えると、彼女の自然な笑顔が撮れたので、許してやることにした。

「くはぁ、疲れたぁー」

「僕はトラウマをひとつ抱えることになった」

「私が生きていた証になるね」

「そんなプラスに解釈しないでもらえる？　これは君が残していく呪いだよ」

連続してアトラクションに挑んだことで僕が乗り物酔いになったこと、彼女が遊び疲れたことにより、手頃な飲食店に入っていた。手頃といっても園内のレストランであるから、ファミレスとは空気感も値段もやはり違う。

「私もう立てないや。涼しー。この空間が私を駄目にするー」

「同感だ。僕ももう動きたくない」

数えるほどしかアトラクションに乗っていないとは言っても、待ち時間は相当なものだ。すでに日は暮れ、疲労と空腹が限界に達していた。お互いに脱力して、休息に努めている。

「あっ、そうだ」

「疲れてるんだからあとにしてもらえる？」

「まだなにも言ってないじゃん！」

「君の言うことするとが、僕を疲れさせないわけがない」

「ひどい言われようだなー。でも今回は本当に君には迷惑かからないと思う」

君には、という言葉が肝だったようだ。気づけば彼女は店員を呼び寄せて、なにやら注文するみたいだった。

「マスター！　いつもので！」

「この人はマスターじゃないでしょ」

きっとバーなどで言うセリフなのだろう。けれど、彼女にとって場所なんて関係ないらしく、とても満足そうな笑顔を浮かべていた。

「いいのいいの」

困惑する店員。従業員の教育に力を注いでいることでも有名な遊園地ではあるけど、彼女みたいな想定外な客への接客は困難らしい。

彼女に捕まって、ひたすらに困らされている店員が気の毒にも思えたが、これも彼女のためだ。店員には餌になってもらって、僕は迷惑を振りまいている彼女を写真に収めることに従事した。

彼女のノートは、着々と埋まっていっている。

後日、今度は遠出をした。

彼女はウユニ塩湖に行きたいという無理難題を押しつけてきたのだけど、さすがに高校生ふたりで海を渡って地球の裏側に行くことはできない。僕がその代わりとなる国内の観光名所を彼女に提案したところ、ふたつ返事で了承してくれた。彼女の両親は病気の娘を自由にさせているらしく、この傍若無人《ぼうじゃくぶじん》ぶりには寛容というかむしろ協力的だった。僕の母も彼女のこととなると肯定的で、結果として僕らの旅の資金などの心配は皆無だったと言っていい。

そもそも彼女が今まで金銭面で不可解なほどの出費ができていたのは、これが理由だったのだと合点がいったくらいだった。

「私、四国《しこく》なんて来るの初めてっ！」

「僕も、北海道《ほっかいどう》や九州《きゅうしゅう》には行ったことがあるけど、四国は初めてかな」

僕らは早朝から新幹線で西の方まで行き、西の大都市からはバスに乗り換えて四国へと向かっていた。

朝が早かったということと、今までで最長の移動距離。新幹線に乗った時点で、彼女は身に滾《たぎ》るエネルギーを楽しみで仕方がないといった様子で発散していたが、四国に向かうバスではその勢いは鳴りを潜めていた。僕は瞼をこすり、彼女はすでに船を漕ぎ始めている。

思えば彼女の寝顔を見るのは初めてだった。以前彼女と宿泊した際には、僕の良心が彼女の寝顔を覗き見ることを躊躇わせたのだ。この機を逃す手はない、そう思って咄嗟にカメラを持ち出し、彼女を起こさないように極力気をつけながらシャッターを切る。カメラを意識したいつもの彼女も映えるけれど、こういった自然体の無垢な姿も彼女らしさが出ているように思った。

何枚か彼女の寝顔を映し、気づかれたら怒られそうだなと今さらになって思ったのでそこでやめた。

僕が動いたからか、眠っている彼女の重心が僕の方へと傾き、彼女の頭が肩に乗ってきたけれど、押し返すようなことはしなかった。

彼女の髪から爽やかなシャンプーの香りがするくらい密着している状況で、深い眠りができるほど僕の肝は据わっていないけれど、動いたら彼女を起こしてしまいそうだし、することもないので僕も目を瞑った。

そうして僕らはバスに揺られて、目的地に向かった。

「もうすぐ着くよ」

僕の言葉のあとに、寝起きの彼女はぼんやりとした視線で窓の外を見た。すると、次第に海が顔を出し、それに従って彼女の眠たそうだった瞳も見開く。移動時間にして約八時間。僕らの望んだ景色が露わになってきた。

「わぁ！」

「うん……」

バスを降りるとそこはすぐに浜辺で、その光景に僕らふたりは同時に感嘆の声を漏らした。

遠浅の海に、遠目に見える島々の向こうに佇むオレンジ色の太陽が反射して、一面が夕焼けの世界になっているようだ。

「ねね、早く砂浜の方に行ってみようよ！」

「そうだね」

さすが『日本のウユニ塩湖』と呼ばれるだけあって、ほかの観光客の姿も見られたが、比較的空いているためそこまでは気にならなかった。

風も雲もさほどなく、この景色を求めてきた僕には理想的なロケーションだ。

干潮《かんちょう》のためできた潮溜まりに近づくと、鏡のように透明度の高い水面が、映しているものことごとくを反射している。僕らの世界と隣り合う別の世界と繋がっているのではないかと思えてくるくらいだった。

彼女はその水面に、自分の姿を映して遊んでいた。

「どう？　半日かけて来た甲斐はあった？」

「うん！　とっても綺麗！」

彼女は朝の元気を取り戻したのか、反射する水面の前でクルクルっと踊るように回りながら、全身でその喜びを表現しているみたいだった。

「それならよかったよ。僕としてもボリビアに行かなくて済んでよかった」

「ぼりびあ？」

「ウユニ塩湖がある、地球の裏側のことだよ」

ボリビアに行くとなると、今回の移動時間の何十倍を要求されるかわかったものではない。

それでも、いつか行くことができるのであれば、地球の裏側に彼女とふたりで世界が反射している景色を見に行ってもいいかもしれないなと思った。

「それにしても、星空のときもだけど、君と遠出をすると必ず天候に恵まれるよね。君はもしかして晴れ女なの？」

「それはね、きっと神様からの同情だよ。寿命を短くされた代わりに、ほかのことは都合をつけてくれるの」

「自分勝手な神様だね」

「あの日、君と都合良く出会わせてくれたのも、神様の計らいなのかな」

「…………」

人との出会いまでも、神様の同情と考えるのは悲しい気がした。きっと彼女なら、違う道のりを辿ってでも僕との関わりをこじつけたはずだ。僕は彼女と出会えてよかったと思っているのだから、せめてそれは彼女の意思によるものだと思いたい。

「私と会ったこと、迷惑だと思った？」

「いいや、出会えてよかったと思っているよ」

僕の言葉に、彼女の瞳が揺らいだ。

「え、あ、あははは……どうしてそういきなり素直になるかなー」

彼女は、急にしおらしくなってしまった。僕はどうしても甘さを含んだ気まずい空気感は苦手だ。お調子者の彼女ならなおさらのこと。

「さて、せっかく半日もかけてここまで来たんだ。納得できるまで写真を撮ろう」

「うん、そうだねっ！」

僕は浜辺でカメラを握る。彼女との関係性を見失うわけにはいかない。僕と彼女のこの曖昧な関係は、カメラがあってこそ存続できるものなのだから。

彩度を設定し直し、夕暮れの色を本物に近づけると、一度シャッターを切る。

西陽を背景にオレンジ色の世界が潮溜まりにも反射している様は、幻想的と言うほかなかったが、しかし彼女の表情は逆光によって見えなかった。

「どう、今撮った写真なんだけど」

僕は彼女からの感想を求める。写真は自分の技量との戦いだと以前までは思っていたのだけど、彼女と出会ってからはともに創っていくものだということを学んだ。

「うわ、すごっ」

天地どちらにも、ぼんやりと滲む夕焼けと躍動感のある雲が映し出されていて、これは作品としての芸術性をたしかに秘めている。彼女のモデルとしての姿も最近では様になってきていて、いい味を出していた。

「だけど、君の表情が映っていない」

「綺麗だからいいんじゃない？」

「ただのカメラマンならいいのかもしれないけど、僕は君のカメラマンだ。君を撮らなくちゃ意味がない」

僕の真剣な声音に、彼女は一瞬驚いた素振りをしたが、「それもそっか」と納得してくれた。

一旦カメラを置き、彼女が自分の携帯電話でも撮りたいと言ったので、夕焼けをうまく撮るコツなどをレクチャーしたり、最近は恒例になってきた僕と彼女とのツーショットなんかも撮ったりした。

そうして僕らは、その幻想的な世界を、夕陽が沈むまで何枚も撮り続けた。

「つーかーれーたー」

「ここ最近立て続けに外出しているからね。疲労も溜まっているんだ」

僕らは撮影を終えると、食事も構わずに一目散に休息を求めてホテルにチェックインした。彼女のノートに書かれている夜景を撮るという目的のために、値段的にも階層的にも高い部屋を選んでいた。

　そのため「部屋がそもそも高いんだから、ふたり部屋にしないとすごい金額になっちゃうよ」という、よく回る彼女の口に流されて、結局ふたり部屋になった。ベッドはひとつしかないが、幸運にも上質そうなソファがある、睡眠に問題はないだろう。

　豪華な室内を物色していると、彼女は一目散に風呂に入ってしまって、僕はこの大きな部屋に取り残されてしまった。僕もできれば早めに入浴したかったのだけど、ここはレディファーストということで彼女に譲ってあげよう。

　彼女の入浴中に時間を持て余した僕は、ホテルに付属しているコンビニで軽食を買った。朝食はホテルでビュッフェが堪能できるとのことだったので、今夜の食事はコンビニのもので我慢してもらうしかない。

「気持ちよかった〜。ホテルのお風呂ってすごいんだね！」

　僕が部屋に戻ってくると、風呂上がりの彼女が視界に入った。彼女は、拭ききれていない潤いのある黒髪を撫でながら、薄着のままで窓の外の景色を眺めていた。

　僕に背を向けているその格好は無防備と言うほかない。彼女には貞操観念《ていそうかんねん》というものが備わっていないのだろうか。神様は彼女に対して、運や病気への抗体を備え忘れているようだけど、それ以外にも忘失《ぼうしつ》したものが多くあるのかもしれない。

「おお、なに買ってきたのー？」

僕の方をちらっと窺うと、左手に持つビニール袋に目が行ったのか、興味を押し出すように彼女が言った。

「軽い夕食だよ。今日はこれで我慢してほしい」

「わざわざありがと」

けれど、実際には上の空だった。

彼女はまた外へと視線を戻す。その華奢な背中は、どうしてか寂しげに見えた。

「ねえ、私今幸せだよ」

彼女は僕には一瞥もくれることなく、窓からの景色を見ながら言った。

「海の見える夜景って、静かでとても綺麗。それを君と見られているんだから、私は幸せ者だね」

「…………」

「この景色を君と見るために病気になったというのなら、それを許せるくらいには私は満足してる」

満足してる、という彼女の言葉が悲しかった。それは、これ以上多くは望まないと言っているように聞こえて。

「そのくらいで許していいことじゃないと思うけど」

なんだか彼女らしくない。まるで諦めが混じったような言い方だ。

「神様は嫌いって言ってたじゃないか」

「そうなんだけどね、でも、もしも私が病気にならなかったとして、それで君に会えなくなるなら、やっぱり私は今の私が一番幸せだと胸を張って言える。この私の自慢の胸を張ってね」

薄着のせいで、彼女の姿に目の置きどころを失った。

「君は真面目に会話ができない病気にかかっているの？」

彼女のふざけ方にはいつも優しさが含まれていた。僕は物言いでこそ彼女に毒づいているけど、気まずくさせないための計らいをたしかに感じ取っている。

「そうなのかも！　病気をいくつも抱えていて大変だね、私！」

そう言いながら振り返った彼女の姿目がけてシャッターを切った。僕に撮られるのがわかっていたみたいに、無限にも続いていそうなほどに広大な夜の海を背景に、彼女は笑顔を作る。

「あっ！　ここからでも星が見えるよ！」

「やっぱり建物の明かりが少ないと、都会よりもずいぶん綺麗に見えるね」

「うんうん。……あぁ、私も星になりたいな」

闇夜の向こうに見える輝きを眺めながら、彼女はそう呟くように言った。

僕はもう、その言葉の意味を知っていた。死と隣り合わせの彼女だからこそ願う、その言葉。彼女がいくら満足だと言っても、彼女がいくら幸せだと言っても、現実は変わらず非情だ。

彼女には、後世に輝きを残すような星なんかになるより、これからもずっと僕のカメラの中で輝くモデルとしていてほしいと、そう思ってしまった。

「ベガもアルタイルも、よく見えるね。あれって、私たちの星なんだよ？」

「僕は自分があんなにも輝いてる星だなんて、自惚れてはいないけどね」

「じゃあ私は、君が彦星様になってくれるまで、待っていようかな」

待っている。それは未来のない彼女が言うには、実に不自然な言葉だった。

どうしようもない不安が募っていく感覚があった。僕の胸中に重くのしかかる陰のかかった感情が、僕の意識も思考も、なにもかもを奪っていく。

彼女の言葉が、僕の頭の中でぐるぐると回っている。彼女は、どこで僕を待っているつもりなんだろう。

そう思ったとき、僕は自分の行いとは思えないほど乱暴に、また焦燥に駆られて、彼女を力づくでこちらに振り向かせた。

「……………」

「……………」

沈黙が横たわった。その沈黙から読み取れる彼女の表情は、僕の不安をさらに募らせた。驚いて見開いた大きな瞳、そしてわずかな恐怖を感じさせる困惑の瞳。

「……どうしたの？」

「ごめん」

僕は咄嗟に手を放す。僕は今なにをしようとしたんだろう。自身の行動に理解が追いつかない。

「ちょっとちょっと、君はカメラマンでしょ。約束破っちゃ駄目だよ。あ、もしかしてキスでもしたくなっちゃった？」

彼女がわざとおどけて言うけれど、僕はそれに対してなにも言えなかった。

「なにか言ってよ。私が変な人みたいじゃん」

「……不安になったんだ」

「ん？　なにに？」

「今日の君は少し変だ。いや、いつも変な人だとは思っているけど、そうじゃなくて君という人間に慣れた僕からしても変なんだ」

「君、どさくさに紛れてひどいことを言うね」

今日の彼女は、いつになく弱気だ。

人の目があるところでは常に笑顔を貼りつけている彼女だけれど、同じ人物だとは思えない表情を時折見せる。それが彼女らしくなかった。

僕の考えすぎなのかもしれないし、遠くに来たせいで心細くなっているだけなのかもしれない。けれど、どうしても不安だった。

「……君はさ」

「なーに？」

「まだ、死なないよね？」

なによりも気になることを、聞いてしまった。

いずれ死ぬ。彼女も僕もその結末の例外ではないけれど、それでも僕は彼女に死んではしくないと思った。彼女のいない日々を考えたくなかったんだ。

「……ふふっ。だいじょーぶ。まだ死なないよ」

「本当に？」

「うん。本当に。自分勝手な私ではあるけど、それでも勝手に死んだりしないから。だからそこは安心していいよ」

瞬き程度の彼女の俯きを、僕は見逃さなかった。

僕は初めて、彼女の言葉を信じなかった。

「……そっか。ならいいんだ」

「心配してくれるんだ？」

「それなりにはね」

「まったくー、素直じゃないなぁ」

彼女をモデルにした最高の写真を撮れていないからということもあるけれど、きっとそれ以外にも、写真のことを抜きにしても、僕は彼女に死んでほしくないと思っている。

そのあと、買ってきたコンビニ飯をふたりで食べて、僕は風呂に入った。その間に彼女は眠くなってしまったのか、ダブルサイズのベッドをひとり占領して、気持ちよさそうにくつろいでいた。

「今日は君の希望通り、ウユニ塩湖のような写真が撮れてよかったね。これで、君のリストもまたひとつ埋まったわけだ」

「……すぅ……はぁ……」

僕の言葉への回答は、心地良さそうな彼女の寝息として返ってきた。彼女はあんなに元気そうにしているけど、大病を患っているのだ。常人よりも身体に気を遣う生活は、きっと疲労も相当なものなんだろう。

もしも、彼女のノートがすべて埋まってしまったら、そのあと彼女は、そして僕はどうするんだろう。

なにか愉快そうな寝言を漏らしている彼女に、僕は毛布をかけてやる。よくもこんな無防備な格好で寝られるものだと、僕が一種の感心を抱いていると、唐突に彼女の手が僕の腕を掴んだ。

「……離れていかないでね……」

「……君のほうこそ」

それも寝言だと受け取り、僕はその細い手からかすかな力が抜け落ちるまで、彼女のそばにいた。僕よりもひと回りは小さい彼女の手をそっと握りながら、いい夢が見られますように、と。

地元に戻ったあとも、僕らはひたすらに写真を撮った。もちろん彼女が行きたいと言った場所だ。雨の日は水族館、晴れの日は動物園、曇りの日も風の日も、やっぱり僕らは会って写真を撮っていた。気づけば夏休みも半分を超えていて、高校二年の夏休みの思い出は、ほとんどが彼女に埋め尽くされていた。

そんなとき、また遠出に行くための準備を一緒にしようと待ち合わせていた日の朝、僕のもとに彼女からのメッセージが届いた。

検査という名目で、一週間の再入院を言い渡されたらしい。

彼女へ断りも入れずに病院まで足を運んでみると、あっさりと病室に通された。彼女は病院名を僕に教えなかったから、それで大丈夫だと高を括っていたのだろう。僕の母は彼女の担当看護師なのだ、彼女の入院する病院を知らなくとも母の仕事場くらい知っている。

僕にとって、これが初めての見舞いだった。

彼女と関わり始めて、というか関わられ始めてからまだ一カ月半ほどだけど、内容が濃かったからか、もっと長い時間を共有している気がする。それでも、今まで彼女は、僕に対して病人だという姿をめったに見せはしなかった。だからこそ見舞いに行くことは躊躇われたけど、僕は今ここにいる。

【綾部香織】の文字が書かれた部屋の扉をノックする。

「はーい、どうぞー」

彼女らしい緊張感に欠ける返事が、少し気を張っていた僕を和やかにする。

「見舞いに来たよ」

「……君に病院を教えた記憶はないんだけどなー？」

「まあ母さんの勤務地くらい知っているからね」

「あー！　また智子さんかぁ！」

そもそも病気のことを知ったのは僕の母からだから、病院を知られるはずがないと思うほうが間違っている。

そのあとも「来るなら来るってあらかじめ言っておいてよ！」などとぐだぐだ言っていたけど、持ってきたゼリーを見せるとすぐさま大人しくなった。その様子が餌を前にした躾けられた犬みたいで、少しおかしかった。

僕は彼女のベッドに近づいて、寝たままの彼女にゼリーを手渡す。

「それで、調子はどうなの」

「んー、まあ大丈夫……ってなにこれうまっ！」

「一応心配して見舞いに来ている僕に、君はなにも報告するつもりがないんだね？」

彼女は先日お中元として届いた質のいいゼリーに興奮していて、僕の問いかけなんて二の次のようだ。

「だって特別言うことなんてないんだもん。検査もまだ全部終わってなくて結果も出てないからね。というか君もゼリー食べてみなよ」

なるほど、そういうことか。僕は来るタイミングを間違えてしまったらしい。

「本当だ、おいしい」

「でっしょー？」

僕が持ってきたものだというのに、彼女はやはり我が物顔で言っていた。

自然と僕はマスカットの味を、彼女は巨峰の味を手に取っていて、どうやら考えていることは同じみたいだ。

「また、果物を食べに行って、星も見たいね」

「そうだね」

「それに冬の星空も見にいかなくちゃ」

「冬じゃぶどうはほとんどないだろうけどね」

「あ、そっかぁ……」

「冬だったら、みかんやいちごかな」

「いちご！」

彼女はいちごが好物なのか、大袈裟に反応して手元の箱からいちご味のゼリーを取り出す。

「でも実は、いちごの旬って四月頃なんだよ」

「そうなの？」

「うん、クリスマスに需要が多いせいで、ビニールハウスで育てて無理やり冬の果実にしてるらしい」

「今の技術だと旬すら変えられるんだね。でもそれは仕方ないことだよね、いちごの乗ってないショートケーキなんて寂しいもん」

いちごのゼリーを口に運びながら、彼女がふうっと溜息をつく。

「私の旬も、今の技術で早めてくれればいいのに」

「すごいことを言うね」

「だってさ、女としての旬って多分二十代から三十代の間でしょー？　私そこまで生きられないもん。だから死ぬ前に成熟したかったなーって。十年後の私は、きっとボンキュッボンのイカしたお姉さんになってるよ！」

なにげない言葉が、僕に現実を示してくる。彼女には未来がないという、定められた現実が。

だけど、僕がその現実に対して感傷的になるのはお門違いというものだろう。彼女が今こうして病床の上でも笑顔でいるのだから、僕もそういなくちゃいけない。そうでなければ彼女の前にはいられない。

「それは楽しみだね」

未来の話をしていた彼女の表情には、時折陰りのある色が見えた。未来のない人が未来の話をするのなんて、残酷だ。それでも、僕はそれを見ないことにした。彼女がそう望んでいるような気がしたからだ。

「君はあまり変わってなさそうだよね」

「なにを言う。僕だって、きっとスマートな男になっているはずだ」

なにそれおかしー、と笑う彼女を見ていると、僕の不安は胸中の奥底へと消えていった気がした。

そのあとも他愛のない話をしたけれど、持ってきたゼリーを彼女が平らげた辺りでお開きとなった。

「ねえねえ、もうお見舞い来なくていいからね」

「……なにいきなり。迷惑だった？」

「そうじゃないんだけど、でも困る、というか辛いの」

「そうだったんだ、ごめん」

「謝らないで。……ただね、我慢するのが辛いの。きっと君が病室を出ていったあとすぐにまた会いたくなって辛くなる。会いに来てくれてもわがまま言わないようにしなきゃっていう我慢に辛くなる。だから駄目なの」

彼女が今日比較的穏やかだったのは、そういう理由だったのか。

彼女の寂しそうな表情が、視界に映る。僕は咄嗟にカメラを構えた。

「え、なになに！」

「僕は君のカメラマンだから、君のいろいろな表情を撮るんだ」

言って、シャッターを切る。

「いつも笑顔でいる君の寂しそうな表情はあまり見られないから、撮っておかなくちゃなと思って」

「そんなの撮るなー！　私はそんな写真お願いしてないよ！」

彼女が顔を腕で塞ぐ。それでも構うことなく僕はシャッターを切った。

「僕が撮りたいんだ」

「え……？」

「君のいろいろな表情を、僕が撮りたいと思ったんだ」

彼女は呆然としたまま、それでも口を挟まずに僕の話を聞いてくれた。

「僕はずっと受動的な人間だったし、君の横暴ぶりに付き合っていたらずっと流されるわけだからもっと受動的であることに磨きがかかったんだ。それでも、僕は自発的に、君のことを撮りたいと思っている。今そう思っているんだ」

「どうして、そんな……」

僕の僕らしくない言葉に、彼女は動揺を隠せていない。だから、僕は畳みかけるように続けた。

「僕はきっと八十までは生きる」

「え？」

「僕は最低でも八十歳までは生きるつもりでいるんだ。だから、その年月を生きていれば受動的な僕でも、きっとわがままだって言ったりする。今こうして君の気持ちもお構いなしに写真を撮っているようにね」

「……うん」

「だから、君がもしも本当にもうすぐ死ぬんだというのなら、その間に生きるはずだった何十年分ものわがままを言ってもいいんだ。もしかしたら、僕が八十歳まで生きたとしても、君の十七年ほどのわがままには敵わないかもしれないけど、それでも君は将来誰かにかけるはずだった迷惑を、残りの時間で使い切っていいんだ」

「……本当に？」

「うん。君が嫌いだと言った神様が許さなくても、君に好きと言われた僕は許す。少なくとも、僕へのわがままや迷惑は許される」

僕の大それた言い草に彼女は目を丸くしていたが、次第に顔の皺《しわ》を深めて楽しそうに笑った。

「ふふふっ、なにそれ！　あはははははっ！」

「まあそういうことだから。君に我慢は似合わない」

「それは私も自覚してるー！」

「自分への理解があるのはいいことだ」

「それじゃあ、最初のわがままを言うね！」

「もうなにかあるの？」

「今から一カ月後、時季外れの流星群が流れるんだって。一緒に見に行こっ」

「前向きに考えておくよ」

彼女の笑い声を背に、今度こそ病室をあとにする。

「天野くん！」

久々に彼女に名前を呼ばれた。

振り返ると、満面の笑みがそこにあって。

「大好きだよっ！」

そう、言い切られた。

「前も聞いたよ」

「うん！　退院したら、誰よりも先に、君に会いに行くからね！」

そんな彼女の宣言を耳に、病室をあとにした。あの笑顔こそシャッターを切るべきだったような気がしたけれど、なぜだか僕は写真に収めるのがもったいないと思った。

一週間後、言っていた退院するはずの日がきても、彼女が僕に会いに来ることはなかった。

第七章

彼女が退院するはずだった日、入院の期間が二週間延びたという報告を受けて、僕は落胆の気持ちを抱えていた。

検査期間が延びただけだと、電話越しではあるが本人の口から聞いていたので過度な心配はしていないけど、微塵も不安がないと言うには無理があった。

落ち着かない気持ちと、彼女と会うつもりで空けていた時間を持て余した僕は、現像した今までの写真の整理をすることにした。

最初に撮った屋上での写真から、ホテルで撮った夜の海を背景にした写真まで、ざっと数えても三百枚を超えていた。それだけ、僕と彼女の間には思い出が築かれたということだろう。

「遺影、か……」

彼女を遺したいと思った僕がすべきことは、つまりそういうことなのだけれど、遺影の選別というのは難しかった。

愉快だった記憶を思い起こせても、遺影に相応しいと思える写真は思い起こせない。最初はぎこちない写り、あとにいくにつれてぎこちなさは抜けるけど、遺影ではなく単純なモデルとして笑顔を浮かべるもの、食事をして幸せそうにしているもの、間抜けた寝顔と、僕の勝手な感覚で撮ったものばかり。どれも遺影には相応しくないような気がしてならなかった。

僕が思うに、遺影とは未来まで連れていくべき彼女の姿なのだ。それは日常に溢れた表情や、意識して撮られたものでもいいのかもしれないけど、僕の中では違うように思われた。

彼女の写りと、僕の思う遺影には齟齬があった。うまく言葉では説明できないけれど、これが彼女の遺影だと自信を持って言えるようなものはなかった。

そう頭を悩ませていると、僕はいつの間にか眠っていた。


静かな部屋の中で僕の携帯電話が鳴っていた。それで今まで寝ていたことに気づく。

「もしもし」

『…………』

返答がなかったことに一瞬訝しんでいると、電話越しに聞き慣れた声の、でも聞き慣れない声質が鼓膜を揺さぶった。

『……辛いの、すごく辛いから、だから急いで来て！』

それは焦燥感に駆られたような、目覚ましには抜群の効果を発揮した、彼女の言葉だった。

日中は人と喧騒で溢れ返っているであろう主要都市でも、日付を越える頃になれば人の姿はほとんどない。ひと気のなさもそうだけど、時間を表示している巨大な観覧車を見てみても、すでに日付が変わっていることがわかった。

そんな真夜中の街を、僕はバイクでひたすらに駆け抜けた。

彼女は、駅前のベンチに座っていた。

夜といっても真夏なのだから冷えることはない。けれど彼女は長袖を着ていた。

「どうしたの？」

「辛かったの」

いきなり話しかけても彼女は驚く様子も見せず、俯いたまま。

「なにか、あったの……？」

一度目の疑問は呼び出した理由について。二度目の疑問は彼女の病気についてだ。

「君に、会いたかったの」

彼女は僕の方に視線を向けた。それは僕に会えたことで安心感を募らせたような瞳だった。

「君に会いたくて、でも会えなくて。それが辛かったの。君を病院の中に忍び込ませるのはまずいかなーって思って、だから私が抜け出して君を待ってた」

「それだけのために抜け出したの？」

「うん、そうだよ」

「……はぁ」

呆気に取られてしまった。僕は彼女の身になにかあったのだと思って、ここまで駆けつけてきたのだから。

「溜息なんてつかないでよー！」

「溜息なんてつかせないでよ」

どうやら僕の想像は杞憂に終わったみたいだ。

「じゃあ、病院に戻ろう」

「ええ、やだよ。せっかく君に会えたのに」

「さすがに夜中に抜け出すのは駄目だと思うよ」

「んー、駄目かどうかなんてわからないよ。もしもこのまま別れて、私が明日死んだら、君はきっと後悔する」

「…………」

「重要なのは今どうしたいかだよ。私は君と話したいし、一緒にいたい。君は？」

「……少し、歩こうか」

その通りだ。駄目かどうか判断する段階は、もうすでに過ぎ去っている。重要なのは、彼女がどうしたいか。

車も人も通らない閑散とした大通りの真ん中を歩いていると、この世界には彼女と僕だけしかいなくなってしまったのではないかと思えてくる。夜の街を独占しているみたいで、妙な背徳感があった。

「ねね、今日はカメラ持ってきてる？」

「あ、ごめん。急いで来たからカメラは持ってきてないんだ」

「そっかぁ。じゃあ、ふふっ、今日は誰にもなにも記録されない、私と君だけの時間なんだね」

そう言って彼女は心底楽しそうに笑った。

小一時間ばかり、彼女と辺りを歩き回った。病院の周囲といっても足を運んだ場所は少ないみたいで、彼女としても目新しいことばかりだったようだ。

それでも、ふと視界に捉えたレンガ造りの建物には懐かしさを覚えていた。そして彼女も同様の気持ちだったようだ。

「ついこの間のことなのに、もうずいぶん前のことみたいだね」

「そうだね。あの頃はまだ、僕は君のことを知らなすぎた」

「ふふ、私のこと知れて嬉しい？」

「うん、嬉しぃよ」

僕は素直に頷いてみせた。この期に及んで、恥じらいのせいで本心を述べられないという愚かなことはしたくなかった。

「君はあのときより素直になったよね」

「君にならいいと思ったんだ」

「うん、ありがと」

深夜ということもあって寂しげな観光地は、僕らをも寂しくさせてしまいそうだった。感傷的にはなりたくなかったため、すぐに僕らはその場を離れた。

そのあともコンビニに寄って軽食を買ったり、真夜中の遊園地に乗り込もうとしている彼女を必死に止めたり、ゲームセンターに行ったりもした。

「いつもはカメラで撮っているけど、こういうのもたまにはいいよね」

「前も言ったけど、僕は撮られるのは苦手なんだよ」

ゲームセンターではプリクラを半ば強制的に撮らされた。結果惨めな表情の僕と、それに対して笑いを堪える彼女という無残な写真が完成してしまった。

「ふふふっ、これもいい思い出だね」

プリクラに視線を落としながら、彼女は真夜中の大通りを踊るようなステップで歩く。街灯の下で軽快に動く彼女は、まるで踊り子のようだった。

「いいと思うのは君だけでしょ。僕は羞恥を晒しただけだ」

「そんなこと言わないの。ひとりの女の子を楽しませたんだから、君の恥ずかしさも無駄じゃなかった！」

「僕の羞恥心は、君を愉快にするためのものではないんだけどな」

なんて言いながらも、彼女の満足気な笑顔を見ていると、どうしてか悪い気はしなかった。

そう思っていると、唐突に彼女の身体が傾いた。

「――っ！」

声も出せず、咄嗟に出した手で彼女の腕を掴む。なんとか転倒は防いだけれど、僕の心臓は早鐘を打っていた。

「あ、ごめんね、ありがと」

「どうしたの？」

「どうもしてないよ。少し踏み外しちゃっただけ。最近あんまり歩いてなかったからかなぁ」

「……もう少し気をつけて。君が転んで怪我でもしたら、危険なんだから」

「うん、気をつけるね」

事なきを得たことに安堵しながら、彼女の反省を聞いて掴んでいた腕を離す――。

「離さないで」

けれど、それができなかった。正確に言うと、彼女のほうから僕の手を掴んできたのだ。いいや、握ってきたと言ったほうが適切かもしれない。

「……どうしたの」

「離れないで」

「やっぱり、なにかあったの？」

今日の彼女の様子は、いつも通りとは言えなかった。いつも通りを演じてるというか、不自然でならなかった。

しかし、彼女は僕の問いに答えることはなかった。その代わりに、温もりがあった。

「……なに、してるの」

「ん、これはね、ハグっていうの」

彼女は、僕の背に回した腕に力を込めて僕を引き寄せ、全身を密着させる。

「本当はずっとこうしたかった。君の温もりに触れたかった」

一台の車も通らない、真夜中の大通り。四車線の幅の広い道路の真ん中での抱擁。

今だけは、僕と彼女のふたりだけの世界だった。何人たりとも僕らを憚ることはなく、そのすべてが許された空間。僕には、この時間がそんなものに感じられた。

「君が言ってくれたんだよ？　いくらでも甘えていいって」

「いくらでもではないよ。君の人生分だけ」

「それをいくらでもって言うんだよ」

「そうなのか」

「そうなの。私の甘え方は、こういうこと」

「なら、仕方ないね」

僕も、彼女の背に手を回す。

彼女のわがままに付き合うと言ったのは僕なのだから、拒絶することはない。

「ふふ、私にいくらでも甘えていいなんて言ったこと、後悔しないでね」

「しないよ」

そうして、僕たちは抱き合った。好意からではなく、彼女のわがままに付き合って。

そんな口実を作っておかなければ許されることではないと思ったから。

僕は彼女を好きにはならない。なっては、いけない。


どれだけの時間、身体を密着させていただろうか。近づいてくる車の走行音を耳にすると、どちらからともなくその抱擁を終えた。

そのあと、僕らは目的地のない歩みを続けて、結局、海辺の階段の石畳に腰を下ろすことで落ち着いた。

「ねえ……」

「どうかした？」

「もうひとつ、わがまま言ってもいい？」

「うん、いいよ」

僕が首肯すると、彼女は大きく息を吸って胸元に手を当てる。

「……キス、したいの」

放たれたその言葉の意味を呑み込むのと同時に、隣に座る彼女の方を向く。彼女もまた僕の方へとその紅くなった顔を一直線に向けていた。

言葉が出せなかった。天秤にかけられなかった。わがままという口実で受け入れてもいい行為なのかが、僕には図れなかった。

「そうすれば、素直に病室に戻れるかなって思ったの。本当は、ハグしてもらって、それで言いたいこと言えたら戻るつもりだったのに、足が重くて重くて。私の全身が、君と離れることを拒絶するの」

「……それは、入院の期間が二週間も延びたから？」

「それも、あるのかもしれない。でも、それだけじゃなくって、私は……」

常に笑顔を貼りつけていた彼女の、その仮面が割れたように見えた。強がりも見栄も欺瞞《ぎまん》も、そのすべてを排除した、彼女の素顔だった。医者も、きっと家族だって見たことのない、彼女のありのままの表情。

スーッと、彼女の頬を一筋の光が流れた。

それは、ひとつの星も見えない、この都会の常闇の中では、最も美しい輝きだと思った。

「私は……死ぬのが怖いの」

彼女は今までずっと内に秘めていたものを吐露した。それは自白するようでもあり、僕に語りかけるようでもあった。

「毎日、朝を迎えられるか心配で、眠るのが怖い」

「病院の先生の言葉が怖い」

「家族に心配されるのが怖い」

「友達が過ごしている日常が怖い」

「そういう、私に現実を突きつけるもの全部が、怖い」

でも、それ以上に、と。

「君と離れるのが、なにより怖い」

そう言った。

死への恐怖の最大の理由が僕にあると。

でも、そんなこと言われたって、仕方がなかった。

僕だって、彼女と離れるのが、どうしようもなく怖いのだから。

それでも、同時に僕は意外だとも思っていた。

写真に写る彼女。遺影には相応しくないという彼女の違和感は、生死を達観したところだ。写真の中の彼女は、自分の死を理解している人の表情だった。だからこそ、死を理解しているからこそ、その上でいつも笑っていられるんだと思っていた。

それなのに、やはり死ぬのが怖かったなんて。

彼女が今までことごとくの理不尽の中笑顔でいたのは、ただの強がりだというのか。

その辛さはあまりにも、余りあることだ。

「正直僕は、君が死ぬことを恐れていないんじゃないかと思っていたんだ」

「うん。怖くないわけじゃないけど、受け入れてはいたよ」

「なら……」

「誰のせいだと思ってるの」

彼女は少し怒ったように、頬を軽く膨らませていた。

「君のせいだよ。君と出会って、私は変わったの」

そして言った。

「私は生きたくなった」

「………」

「君と出会って。君の優しさに触れて、温もりに触れて、心に触れて。そうしているうちに、私は生きたくなったの。君と、もっとずっと一緒にいたくなった。いろいろなところに行きたいし、いろいろなことがしたい。叶うなら君と恋に落ちたかった」

どうしようもないほどの、願望だった。これがきっと、彼女が零した中で最も切実な、わがままだった。

「それが、君のわがままだと言うのなら、僕はそれを受け入れるよ。行こう、いろんな場所に」

「でもね、そんな時間、私にはないの」

彼女の声がひどく冷たく響いた。

「二週間後にね、手術をすることになった。明日からは無菌室で治療を受ける」

「それってどういう……」

「前にも言ったでしょ？　私に適合する骨髄が見つからないんだ。でも、ずっとこのままだと悪くなる一方だから、手術を受けることにしたの」

その言い方は、まるで僕を突き放すかのようにも聞こえた。

手術に伴うリスクが大きいのだろうということは、彼女の口ぶりから容易に想像できてしまった。

「私はこのことを言うために、今日君を呼んだの」

彼女が望みを抱えれば抱えるほどに、その時間だけ身体は蝕まれていって。それが残酷なまでの現実だった。

「だから、今まで、ありがとう」

――彼女は僕との面会を、見舞いを、頑なに拒んだ。

無力な自分自身への苛立ちと焦燥から、僕は母を問い詰めて理由を聞き出した。

僕は唖然とした。恐怖を感じて、それ以上に悲しかった。

無菌室の中では、大量の薬と放射線を身に浴びているらしい。その副作用で髪が抜けて、青痣《あおあざ》が身体中にできる。だから彼女は僕に会いたくないのだと、母はそう諭すように説明した。

他人の骨髄を移植するために必要なことなんだと、母は言っていた。

こんな現実を用意した神様が本当にいるのなら、あまりに卑劣だと思った。理不尽で不条理な、いや、彼女の命が危機に晒されていることを良しとする神様が、許せなかった。嫌いになった。彼女もこんな気持ちで神を嫌いだと宣《のたま》ったのかもしれなかった。今さら彼女の気持ちの一部を知れても、遅いというのに。

沈黙の二週間が、長かった。

それでも、その日はやってきた。

彼女の手術は、失敗した。

彼女の身体は、他人の骨髄のことごとくを否定した――。

手術が失敗したという知らせを受けても、僕は思いの外落ち着いていた。むしろ、電話越しの母の声音のほうがよっぽど参っているようだった。

それは僕が彼女の現実を受け入れられていないからなのか、それとも彼女の最期をずっと前から覚悟していたからなのか、わからなかった。

取り乱すこともなく母からの電話を終えたあとも、僕は自分のやるべきことに取り組んで、悲しむことすらしなかった。彼女との約束は決して違《たが》えない。

僕は積み上げられた彼女が写った写真の山を、一枚ずつ確認していった。僕はカメラマンだ。彼女専属のカメラマンだ。今、僕のすべきことは、ひとつだけだ。

目の前には彼女との思い出が文字通り積み重なっている。どの写真を見ても、記憶が鮮明に思い起こされた。彼女との時間を思い出すだけで、当時感じていた楽しさが甦ってくるようだった。

それでも、思い出せば出すほどに、僕の胸中は狭まっていくような感覚に陥って、楽しさの反面、苦しさが募っていった。締めつけられる心がどうしようもなく苦しかったけど、僕にはやらなきゃならないことがある。その一心で写真を漁った。

しかし、いくら写真を確認したって、僕のやるべきことは達成されなかった。彼女との今までの思い出の山の中には、相応しい写真が存在しなかった。

窓の外を見ると、すでに陽は落ち始めていた。

夕陽が、僕と彼女の過ごした街並みを焼いている。

僕は衝動に駆られて、家を飛び出した。カメラひとつを手に取って、焼かれた街並みを、走り出す。

僕には、やらなければならないことがあるんだ。

僕のこれまでの人生において、他者への迷惑を顧みず、自発的に行動したのは、これが初めてだった。

病院に到着して、乗り込むと表現しても過剰ではないほどの剣幕で足を踏み入れた僕は、受付で綾部香織の病室を聞いて、彼女のもとに向かった。

無菌室にいたはずの彼女は元の病室に戻されていた。多分、無菌室にいる必要がもうなくなってしまったから。

ここまで来た僕は、足を止めることでやっと肩で息していることに気がついた。深呼吸をして、荒い息を整える。

そうして音を立てないように、ゆっくりと病室の扉を開いた。

そこには、僕の方に背を向けた彼女が、ベッドに座って開けっ放しの窓から夕焼けを眺めていた。

振り返ることもなく、ひとこと。

「あはは、やっぱり来ちゃったんだね」

病室のすべてが夕焼けの褐色で染まる中、小さな背中が弱々しく映った。

重い動作でこちらに振り向き、彼女は力のない笑顔で笑った。

彼女が着ているのは病院服じゃなかった。それは、いつかの日に僕と一緒に買った服だ。病室の中では違和感のある姿だった。

「うん、そうだね」

「風が心地いいね」

夕陽とともに入り込む風が頬を撫でる。

あまりにも優しい時間に、あまりにも悲しい現実が、ここにはあった。だけど彼女は笑っている。いつものように。

「君はきっと、私に会いに来ると思ったよ」

「うん」

「写真、撮りに来たんでしょ？」

「そうだよ」

「ふふっ、そうだと思って、私服に着替えてメイクまでしたんだから－！」

「準備万端だね」

この瞬間に言うべきだと、僕は自分にできる最後のことを彼女に伝える。

「僕は、君の遺影を撮りたいんだ」

彼女はなにを言うでもなく、そっと微笑んだ。

彼女の瞳に、もう死への恐怖はなかった。

『君の手で私を遺してくれるなら、もう怖くないよ』と、言っているようで。

そこでふたりとも黙ってしまった。

名残惜しかった。ずっとこのまま時間が止まってしまえばいいのに、なんてことを思った。だけどいくらシャッターを切っても、時間は止まらない。考えていることを言葉にしたら、きっと君は笑うんだろう。そんな笑顔を僕は今、見たかった。

僕は、手にしているカメラを構える。

「あのね」

あのときと同じように彼女は言った。初めて呼び出された学校の屋上で。ベガが笑っていた夕陽が落ちかけた空の下で。

「うん」

「私を撮って」

「うん、そのために来たんだ」

「私も、君に撮ってほしい」

すでに立てる気力すら残っていない彼女は、座ったまま僕の視線へと意識を向ける。

彼女を構成している情報が、ファインダーを通して伝わってくる。

撮影のために着替えたという服から伸びる白磁《はくじ》の肢体には、青痣が浮かび上がっている。揺れる髪の軌道は以前と比べ固く、ウィッグをしてることが窺えた。

現実が彼女を殺そうとしてることが、どうしようもなく伝わってくる。それでも、そんな現実に優しさを差し伸べるかのように、夕陽が彼女の現実を暈《ぼか》してくれていた。

正真正銘、彼女を撮る最後の機会だ。

そして、シャッターを切ったときが、彼女との別れの瞬間だ。

それを理解していたからこそ、僕の指はなによりも重かった。

彼女の人生で、最高の瞬間を撮る必要があった。

彼女の望み通り、この写真を見た人たちに輝きが綺麗に伝わるように。

彼女だからこそ、綾部香織という笑顔に満ちた女の子だからこそ、最期も笑顔の写真にしたかった。

どんな言葉をかけたらいいんだろう。どんな言葉をかければ彼女は笑ってくれるんだろう。考えたのは一瞬。僕はそのひとことを、すぐに思いついた。

彼女が笑ってくれる確信を胸に、僕は口を開く。

「――――」

ほら、やっぱり。

僕の言葉を耳にした彼女は、一瞬その瞳を大きく開いて驚いた表情を浮かべると、次いで緩やかに表情を崩していき、最後には涙ながらに優しく破顔した。

僕も一緒になって笑った。きっと、僕は泣いていない。

僕はその幸せそうな彼女を逃すわけにはいかず、慌ててカメラを構え直す。震える手元のせいでピントが合わないけれど、そんなことは関係なかった。

——シャッター音が病室に響く。

そのあとも、面会の時間が許すまで、ずっと彼女と笑っていた。

そこには明確な愛の言葉も、肌が触れ合うような行為もなかったけど、どこまでもロマンチックな空間だった。

僕は幸せだった。彼女もきっと幸せだった。

——それから八時間後、彼女は死んだ。

第八章

締め切った窓、締め切ったカーテン。

この世の誰からも僕という存在が観測されなくなって、と言っては大袈裟だろうが、僕が最後に人と顔を合わせてから一週間が経った。そして同時に、彼女が亡くなってから、一週間が経った。

彼女が死亡したという知らせを聞いてから、僕は殻に閉じこもるように、自室に引きこもった。指折り数えて一日一日を無為《むい》に消化していくだけで、意味のない毎日を送っていた。

そうしていないと、死んだ彼女との約束を守れそうになかったから。だから、他人からの慰めも温もりも同情も、すべてを拒絶した。そんな僕を咎める人は、今となってはいなくなってしまった。

きっと、葬式に参加しなかった僕に対して彼女は怒っているだろうけど、僕には参加する気力がなかった。僕はまだ彼女の死を受け止め切れてはいなかった。

それでも、彼女の死から一週間が経過した今夜、僕は外に出た。カーテンを開け、窓から外に踏み出した。二階にある自室の小さなベランダではあるけれど、僕は久々に外に顔を出した。

——今から一カ月後、時季外れの流星群が流れるんだって。一緒に見に行こっ。

以前彼女が言っていた。今夜は星が降るらしい。

人々が空を見上げ、星々に願いを乞う日だ。だから僕もその真似事をしようと夜空を見上げる。都会で見える星は、精々が輝きの強い一等星くらいのものだった。

「デネブ、アルタイル、ベガ……」

生前彼女に教わった星座を辿っていく。夏の終わりに見える大三角は目視できるほど輝いていた。

彼女はいつも『星になりたい』と言っていた。そんな彼女は同時に『私はベガなんだ』とも豪語していた。

夏の大三角の一角を担う一等星。七夕伝説の織姫様にあたる星。自分はそんな星なんだと嘯《うそぶ》いていた。今ではその言葉に異論はない。ベガの星言葉、『心が穏やかな楽天家』とは、まさに彼女のことだった。

だから僕は、彼女が夜空に輝く一等星になればいいなと思う。

そんな思いに耽《ふけ》っていると、ふと彼女の星がひと際強い光を放ったように見えた。

星の光の強さや色を、星の感情と喩えていた彼女の言葉を借りるなら、今の光は笑っているように見えた。

とても穏やかに、そして楽しそうに。

「一等星になった君が、笑ったのかな……」

君は星になれただろうか。

そんな僕の問いに答えるかのように、一週間ぶりに携帯電話が振動音を鳴らした。

仕事の帰りが遅い母からの連絡かと思ったが、メッセージ欄には、あるはずもない人物の名前が表示されていた。

綾部香織。

星を羨み、僕が羨んだ女の子。

もういないはずの、七日前に亡くなったクラスメイト。

本当に僕の問いに応えに来てくれたのかと思った。

死者からのメールには、こう書かれていた。

【明日の夕方、屋上に来てください】

この夜、結局僕は星々になにかを願うことはなかった。


彼女が死んだという知らせはたしかに聞いたはずだ。僕の撮った写真が、葬式にも使われたという報告もあった。彼女の両親からの感謝の言葉も、母を通してもらった。

なのに、僕の携帯電話には、間違いなく彼女からのメッセージがあった。

半信半疑で、僕は指定された場所に来た。

彼女が我が物顔で居座っていた、立ち入り禁止の場所。天文部である彼女だけが入ることを許されている、学校の屋上。今は、その彼女すらいない。誰もいないはずの屋上だ。

九月、新学期が始まって間もない夕方の学校は閑散としていた。始業式にすら参加せずに引きこもっていた僕にとって、以前彼女と忍び込んだきりの学校だった。

何度も彼女に連れてこられた屋上の扉の先が、今は怖い。死んだはずの彼女から僕に送られてきたメッセージ。その真意をたしかめてしまえば、本当に彼女との関係が終わってしまうと思ったから。

それでも、彼女が僕に対して伝えたいことがあるのだとしたら、それを知らないままにしておくほうがもっと嫌だった。

意を決し、ドアノブに手をかけ、押し開ける。

彼女が待っていたときのように、鍵がかかっていることはなく、簡単に扉を開くことができた。

すると、ひと際強い夕陽の光が視覚を覆い、一瞬目を細める。少しして、視界が光に慣れてきた頃に、僕は屋上の奥に佇むひとつの影に気がついた。

オレンジ色に染まる世界の中に、ひとり逆光となって世界に影を落としている様は、彼女に初めてここに呼び出されたときのことを想起させた。

無自覚に、言葉がついて出る。

「君は……」

近づくにつれて佇む眼前の人物の姿が露わになる。

僕よりも少し背丈の低い、女性のシルエット。ちょうど五歩ほど空いた距離で僕が立ち止まると、目の前の人物が振り返った。

それは、彼女よりももっと見慣れた、それでいて彼女と同様に、僕にとって大切な人物だった。

「……母さん？」

「ごめんね、輝彦。でも、これも香織ちゃんからのお願いなんだ」

担当患者を亡くしたことにより一時休暇をもらっている母は、朝から外出していた。ここで僕のことをずっと待っていたんだろうか。

「香織ちゃんは……私とご両親宛に、二通の手紙を遺していたの。それで、私の手紙の最後に、こうして輝彦を呼び出してほしいって、書かれていて……」

母はやつれていた。目元が赤らみ、彼女が遺したという手紙を持つ手は震えていた。

僕は、彼女が亡くなってから母が声を押し殺して毎晩泣いていたことを、知っていた。父が亡くなったときみたいに、母はずっと泣いていた。

……ねえ、君の希望はやっぱり叶わないみたいだ。

世界は君のことを殺したけれど、君と関わった人々には、その心のどこかで君という記憶が生き続けている。だから、悲しまないでっていう君のわがままは、叶わないみたいだ。

それでも、と。

君に直接約束という形で頼まれた僕は、悲しんじゃいけない。君の死に対しての悲しみの涙は、僕の墓場まで持っていかなくちゃいけないんだ。

「……輝彦、これ……香織ちゃんから……預かったの。輝彦に渡してって」

震える母の声からは、涙を流さないようにという我慢が伝わってきた。

母が僕に手渡したのは、以前から彼女が写真を貼りつけて作っていたノートだった。

表紙には【思い出アルバム！】という簡潔な題名が記載されている。

僕がノートを受け取ることを確認すると、母は僕を引き寄せた。

僕も腕を回し、母の震える背を撫でる。

「輝彦、輝彦……香織ちゃんがっ、ああ……私はなにもできなかった……私はなにも……」

「……うん」

誰に非があるわけじゃなかった。誰も悪くなかった。彼女を想った人たちが悪いわけがなかった。

「どうして……香織ちゃんが……香織ちゃんが……あぁ……」

母はもう、言葉にならないほど決壊していた。僕は母が落ち着くまで、背をずっと撫で続けた。この温もりは彼女が教えてくれたものだったから、僕もそれを与えることができた。

僕は決して、泣いたりはしない。

「取り乱して、ごめんね……」

母は未だに嗚咽を漏らしつつも、平静を装おうとしてくれた。

「私より、輝彦のほうが、辛いはずなのに……」

「……なにを」

母の言葉が、怖かった。

だって、僕が辛いと感じてしまえば、それは彼女の死を受け入れてしまうということだから。

もう、彼女にずっと会えないということだから。

なにも認めたくなかった。

「ずっとずっと、我慢してたんだもんね」

「……だからなにを」

なにを我慢しているというんだ。

僕は我慢なんか……。

歯を食いしばる。理由はわからない、だけど食いしばっていないといけない気がした。そうしていないと、なにかが崩れてしまう気がした。

「……そのノートね、手術のあとに完成させたんだって。中身は、まだ誰も見ていないの。香織ちゃんは恥ずかしいから誰も見ちゃ駄目って言ってたし、それ以上に輝彦に遺したものなんだから、最初に見るべきなのは輝彦だって、香織ちゃんのご両親も言ってくれたの」

「そう、なんだ」

「うん。だから……」

「わかってるよ。ちゃんと目を通す」

「無菌室の中でこれだけは完成させなきゃって、頑張ってたから。見てあげてね」

そうとだけ言い残して、母はゆっくりと屋上をあとにした。

屋上に残されたのは、僕と、彼女の遺していったノートだけ。

僕は、生前彼女が大事そうに抱えていたノートを捲る。

まるで彼女に『早く読んでみて』と急かされているみたいで自然と手が動いた。

最初の一ページには彼女からの言葉が記されていた。

天野輝彦君へ。

拝啓とか敬語とか使ったら、きっと君は私らしくないって言って馬鹿にしそうだから、そういうお堅いのはなし！　手紙ってわけでも遺言ってわけでもないからいいよね。私らしく、私の思ったままを書くね。

元気にしてる？　私が死んだって、君は平然としていそうだね。悲しまないでとは言ったけど、それはそれで、なんだかなぁ。

まあそれはともかく、このノートは君に贈るために作ったんだよ。気づいてた？

君と話すようになってから、まだ二カ月も経ってないんだね。もう二カ月、って言ったほうがいいのかな。いろんなことを経験して充実してたなぁ。君は迷惑だったかもしれないけど、私はすっごく楽しかったよ！

ここで、ひとつ衝撃の事実を教えてあげる。

君は、私と初めて話したのは、あの雨の花火大会の日だと思っているかもしれないけど、実はもっと前に話したことがあるんだよ。前、一緒にハンバーグを食べたときに話してくれた、君が初めてポートレートを撮ったっていう話。そのとき病院で泣いていた女の子って、実は私なんだ。

私が初めて病気の検査をするとき、怖くて怖くて涙が止まらなかったの。でもね、あるひとりの男の子が私に突然カメラを向けてきてね。そしたら私、カメラの前では笑顔でいなきゃって思って、必死に笑ってて、気づいたら検査が怖くなくなってた。

私はそのときから名前もわからない男の子に憧れてたんだ。まさかそれが君だったことには驚いたけど！

君の話を聞いたとき、すっごく嬉しくなっちゃって、そのときから私は君に恋してたのかも。君が再び私のカメラマンになったのも、きっと運命だね！

読み終えると、手を止めることなくもう一枚とページを捲っていく。

次のページには、僕の中にも残っている、彼女との思い出がたくさん並んでいた。

【君と星を見に行く】という文字の下には天の川を背景にした僕と彼女とのツーショットが貼られていて、それを筆頭に【君の家に行く】【君とジェットコースターに乗って叫ぶ】【マスターいつものでって言ってみる】【ウユニ塩湖に行く】など、彼女の今までの思い出が何ページにも渡って貼られていた。

そして、写真で彩られたページを抜けると、また彼女の言葉。

どうしてか、彼女らしくない敬語が混ざっていた。

高校二年生に上がってからすぐに、私の容体は悪くなってしまって、移植が必要になりました。

だけど、私に適合する骨髄が見つからなくって、結局お医者さんにはそんなに長くないだろうと言われてしまいました。

でも、いやだからこそ、なのかな？　私はそれからなにも考えずに、残りの時間を自分の好きなように生きるって決めたの！

友達を連れ回してまだ寒い時期に海に行ったり、遅くまで外をほっつき歩いて警察に補導されたりして。私はたくさんの迷惑をかけて、それでもたくさん笑った。

でも、そうしていたら。

私のわがままは、君を見つけてくれました！

あの、雨の花火大会の日。

私はその日もわがままを言って、友達を雨の中無理やり連れてきてた。

花火が打ち上がる直前、友達は観客席にいたんだけど、私はもっと近くで見たいと思って雨が降っているのもお構いなしにコース内に入ったの。ほんと無意識にね？

でも、そしたら、君がいた。

君のまっすぐな視線が、私のことを見てくれていたの。

その真摯な視線が、私にはとても輝きのあるものに見えて、花火なんかよりも実は君の姿が気になって仕方なかった。

そのとき決めたんだ。私は君に写真を撮ってもらおうって。君に残してほしいって。

もしかしたら一目惚れだったのかな、なんてね。

そしたら、君は私の担当看護師さんの子なんだもの、驚いちゃった。

だから、君にも智子さんみたいに明るくて楽しそうな部分があるんだと思っていたんだけど、関われば関わるほど、その想像とかけ離れていっちゃうんだもん。

君は智子さんにはぜんっぜん似てなかった。性格がね。あんなに楽しいお母さんから産まれたのに、どうして？


君は思ったより根暗で、卑屈で、孤独だった。

思ったより陰湿で、思ったより細かくて。

でも思ってた通り優しくて。

思ってた以上に付き合いがよくて。

思ってた以上に、格好よくて。

想ってるうちに好きになってた。

気がつけば、私は君のことばかり見ていたよ。

私の視線は、常に君を探してた。
それが恋だって気づいてからは、毎日がずっと輝いてた。
君はどうやったら笑ってくれるのかなって。
君はどうやったら喜んでくれるのかなって。
君はどうやったら振り向いてくれるのかなって。
そんなことを考えていたら、病気なんて気にならなくなってた。
恋の前に、病気なんてちっぽけなんだね！

プラネタリウム、綺麗だったね。
でも本物の星空はもっともっと綺麗だった。
冬の星空も一緒に見に行きたかったね。
ふたりで行った場所はどれも楽しかったね。
ハグした夜はロマンチックだったね。
私はずっと君にドキドキしっぱなし。
君はどうだったかな？
少しもドキドキされてなかったら、女としての自信がなくなっちゃうな。

たくさん写真を撮ったね。
それだけ思い出を作れたってことだよね。
死ぬ前に君に会えてよかった。
前にも言ったけど、君と出会うために、私は病気になったのかもしれない。

本当は君の恋人になりたかった。
本当は君ともっといろんなことをしたかった。
本当は君と生きていきたかった。

でも私はもう死にます。
だから、私の最後のわがままです。

笑って。

君はたくさんたくさん、笑って。
私の分まで、笑って。
私が生きるはずだった人生分のわがままを考えてみれば、軽いものでしょ？

だから君はずっと笑っていて。

私は君と笑い合った時間が大好きだったから。だからこそ生きたいと思ってしまったんだから、だから笑って。

責任を持って、笑って生きて。

もしかしたら、これから生きていく中で人生に愛想を尽かしちゃう日が来るかもしれない。死にたい、だなんて思うことだってあるかもしれない。

そういうときは私のことを思い出して。

こんなに幸せで、こんなに死にたくなくて、こんなに君のことが好きな女の子がいたんだって。

そのときだけは、私のことを思い出してもいいから。

好きだよ。

大好き。

愛してる。

言葉じゃ伝えられないくらい君を想ってる。

わがままばかりでごめんね。
自分勝手でごめんね。
先に死んじゃってごめんね。
いっぱいいっぱい、ごめんね。

でも、ありがとう。
最後まで私を見ていてくれてありがとう。
出会ってくれてありがとう。
いっぱいいっぱい、ありがとう。

私は、幸せでした。

――読み終えると、そこは現実だった。
彼女と来たことのある屋上だった。
彼女のいなくなった、世界だった。
苦しかった、辛かった、悲しかった。
彼女のいない世界が、こんなにも生きづらい世界だなんて思わなかった。

「……っ」

駄目だった。

僕には、彼女との約束を守れそうにない。

いいや。

約束を守るわけにはいかなかった。

こんなにも想ってくれて、僕にたくさんのものを与えてくれた彼女のために、涙を流せないなんて、嫌だった。

「……ごめん……っ」

僕は嗚咽とともにひとことの謝罪を吐いて、崩れた。

「あぁっ……ああああぁぁ…………」

塞き止めていたものが、たくさんの感情に押し流されてしまったかのように、止まらなかった。

「……君は……本当に自分勝手だ」

勝手にひとりでいなくなって、言いたいことだけ言っていくだなんて。

僕が泣いているのを咎める人は、もうこの世にはいなかった。

「僕だって、君のこと……」

押し殺すように、彼女には聞かれないように、彼女を想って泣いた。

生まれてから一番泣いた。

僕は君に出会えてよかった。

君に声をかけられて嬉しかった。

君と出会ってからの記憶が、僕にそう思わせた。

君といられて幸せだった。

きっと生きてきた中で一番笑った。

君がいたから笑えた。

感謝するのは僕のほうだ。

ありがとう。

ありがとう。

ありがとう。

何度言っても足りない。

約束を破ってしまった代わりに、彼女が遺していったわがままを叶えてやらないといけない。

笑う。彼女みたいに。大袈裟に。

僕は笑えているだろうか。

下手くそな笑みを湛えながら、空を見上げる。

君みたいに笑うには、まだまだ時間がかかりそうだ。


ぴーえす。

そこの君！　私との約束を破ったそこの君！

あんなに泣かないでって言ったのに約束を破るなんて、罰が必要みたいだね！

罰として、私との写真の一枚を、フォトコンテストに応募しなさい！

そして、私を雑誌に載せてください。

こんな可愛い子がいたんだってことを、君の手で、私のいない世界中に知らしめてやりなさい！

こんなに可愛い子に好かれていたんだってことを、世界中に自慢してやりなさい！

わかりましたか？　わかりましたね？　よろしい。


……最後に。

私のために、泣いてくれてありがとう。

エピローグ

冬の山はひどく冷える。

極力肌を覆った防寒具を着ていても、突き刺さるような冷気が歩む足を鈍くする。暖を求めるように、少し早足になりながら今夜宿泊する施設に駆け込んだ。

「……久しぶりだ」

彼女、綾部香織が亡くなってから一年半が経過した。

彼女の死後、今までなんの変哲もなかった僕の人生に、目まぐるしいとも言える出来事が次々と起こった。

今日はその周囲のことが落ち着いたことにより、彼女に報告に来たのだ。生前彼女と行こうと言っていた、冬の星空の下に。きっと空に近いここなら彼女まで声が届くだろうと思って。

僕はほとんどの荷物を置き、身体を一時的に温めると再び外に出た。

以前彼女と星を見た場所に行き、寝袋を敷く。ひとりでする天体観測は物寂しくはあるけれど、そんなことは言ってられない。僕は笑顔でいると決めたんだ。

何度も何度も見返して、僕の涙を枯らし笑顔をもたらした彼女のノートを傍らに置き、寝袋の中で寝そべる。

「…………」

冬の乾燥した空気は澄んでいて、夏の星空よりも冬の星空のほうが広く、遠くまで星々の輝きが見えるような気がした。彼女が言っていた通りだ。

「これが、君が見たいと言っていた冬の星空だよ」

冬の空には、彼女を表す一等星はない。けれど、きっと彼女は見ているはずだ。もしかしたら、今頃、彼女は望んでいた星になっているのかもしれない。

「あれから一年半、僕は君に教わったことを糧に変わろうとしたんだ。君に言われたように、僕は笑うようにしている。さすがに君みたいに、とはいかないけれど、君の真似事をしていたら、昱以外にも友人と呼べる人が数人できたんだ。これは全部、君が遺していってくれたもののおかげだ」

星空に向かって、僕の充実ぶりを語ってやる。

君は聞いているだろうか。

「あ、そうだ。僕は君との約束を破ってしまったから、ちゃんと君の課した罰に付き合ってあげたよ。君の姿は望み通り雑誌に載ったんだ。それに、僕の写真に目を止めてくれた写真家の人が、君のことに興味を持ったみたいだから、それこそ笑いながら君のことを話したんだ」

彼女の最期の写真を、僕はコンテストに応募した。もっとうまく撮れている写真もあったし、君の写りが綺麗なものだってほかにたくさんあった。それでも、僕は君の最期の笑顔の写真を選んだんだ。

それこそが、彼女の一番の表情が撮れた写真だと思ったから。それこそが〝最高の写真〟だと思ったから。

「笑うって言っても馬鹿にしているわけじゃない。君がとても楽しい人間だったということを伝えたかったんだ。事実、僕は君のことを思い出すのも誰かに話すのも、とても楽しい」

一年半もかかってしまったけれど。君は、遅い！って文句を言っているだろうけど。

「やっと、そう思えるようになったんだ。僕は、前を向いて笑えるようになったんだ」

君のわがままは厄介だ。

この先の僕の人生に、ずっとまとわりついてくることを言うんだから。

私の分まで笑ってなんて言われたら、それはもう、僕にずっと笑っていろと言っているようなものじゃないか。君は常に笑っていたんだから。

でも、僕はそんな君のわがままに付き合うよ。

僕の中に、わずかでも君の形が残っている限り、僕は君の分まで笑い尽くそう。

それがきっと、君への最高の手向けになると思っているから。

「言いたいことは言い終えたから、僕はもう戻るよ。冬の山は冷えるから」

吐息を手元に吹きかける。手袋越しでも悴《かじか》んだ手は今すぐにでも暖を欲しているようだった。

「そうそう、ひとつ忘れていたことがあったよ。君は人が悪いから、遺していったノートを読んで初めて気がついたけど、これ」

僕は人生で初めてポートレートを夜空に向かって掲げた。

「よく見なくとも僕の初めてのポートレートのモデルは、君の言っていた通り君だった。無邪気な笑顔が全然変わっていないから、写真をひと目見てすぐに気がついたよ」

泣きべそをかきながらも必死に笑おうとする姿が、実に君らしかった。

それでも、変わったところももちろんある。雑誌に掲載された君の写真と比べてみる。それはどちらも涙ながらの笑顔だったけれど、まるで印象が異なっていた。

君はきちんと成長して大人になって、綺麗になった。そして、君は昔よりもずっとずっと輝いている。

「もう一度、僕は君と出会えてよかった」

それだけ言い終えると立ち上がり、寝袋を畳んで空を見上げる。

「冬の星空も綺麗だけど、やっぱり僕は君と見た夏の星空のほうが好きかな。なんといっても、君がいるからね」

次は七夕の日に君に会いに来よう。

僕はまだ天野輝彦という立派な名前に臆しているけれど、それでも君が生きていた頃よりはずっと、この名前に相応しくなったと思うんだ。

僕は自分の名前を呼ばれたくないから、君のことを君って呼んでいたけど、今なら苗字くらい呼んであげられるかな。

だから、今はこれで勘弁してほしい。

「また来るよ、綾部さん」

僕と君との関係は、ここからまたスタートだ。

一年に一度、この空に近い思い出の地に、僕は君に会いに来る。七月七日、君に唯一会うことのできるその日に。

これから何度ここに来るかはわからないけれど、いつかきっと君のことを名前で呼ぶよ。僕が自分の名前に相応しい人間になれたときに。僕が君の彦星として、相応しい男になれたときに。

だからそれまで、気長に待っていてほしい。

完

あとがき

どうも、冬野夜空です。

まずは、『一瞬を生きる君を、僕は永遠に忘れない。』をお手に取っていただきありがとうございます。

私は、生から死に至るまでの過程で段階がいくつかあると考えています。受け入れられない時期から始まり、それを現実だと認めると自暴自棄になって、それすらも越えると虚無感に苛まれ、そして最後にはすべてを受け入れる、そんな段階があると私の弱冠の人生経験から考えております。

それを踏まえても、やはり香織は生死に達観していた女の子だと思います。自分の死を受け入れて、そのうえで残りの時間で幸せを模索するという姿は、ある種の最期を悟った人間のお手本のような姿のようにさえ感じてしまいます。

幸せというものは、代り映えしない日々の中の僅かな変化をプラスに捉えて、それを蓄積していくことではじめて感じられるものだと思います。香織もそんなふうに最期を悟ってからは、自分勝手な毎日にそんな幸せを集める作業をしていたんだと思います。

けれど、そんな折に自分の行動や感情、そういった自分のすべてを変えてしまうような、あまつさえ最期を悟った人間に生きたいという渇望を生じさせてしまうような感情がときに現れます。私はそれを『恋』と呼んでいます。

恋とは一種の病気だ、というのはあながち間違った解釈でもないのかもしれません。


ここで謝辞を。

まだまだ拙い私を親身になって導いてくださった担当編集の飯塚様。いつも的確な添削で作品をより良くしてくださった編集協力の藤田様。可愛らしくも感動的なイラストを描いてくださったへちま様。ここで名前を挙げさせていただいた以外の方も含め、作品に携わっていただいた皆様、厚く御礼申し上げます。

そして、この度本作品をお手に取ってくださった読者の皆様、あらためて感謝申し上げます。

二〇二〇年一月　冬野夜空

この物語はフィクションです。実在の人物、団体等とは一切関係がありません。

冬野夜空先生へのファンレターのあて先
〒104-0031　東京都中央区京橋1-3-1　八重洲口大栄ビル7F
スターツ出版（株）書籍編集部気付
冬野夜空先生

一瞬を生きる君を、僕は永遠に忘れない。

2020年１月28日　初版第１刷発行
2024年10月22日　　　第33刷発行

著　者　　冬野夜空　

発 行 人　菊地修一
デザイン　フォーマット　西村弘美
　　　　　カバー　長﨑綾（next door design）
発 行 所　スターツ出版株式会社
　　　　　〒104-0031
　　　　　東京都中央区京橋1-3-1　八重洲口大栄ビル7F
　　　　　出版マーケティンググループ　TEL03-6202-0386
　　　　　（ご注文等に関するお問い合わせ）
　　　　　URL　https://starts-pub.jp/
印 刷 所　大日本印刷株式会社

Printed in Japan

ISBN　978-4-8137-0831-5　C0193

スターツ出版文庫　好評発売中!!

『かりそめ夫婦はじめました』　菊川《きくかわ》あすか・著

彼氏ナシ職ナシのお疲れ女子・衣都。定職につけず、唯一の肉親・祖父には「結婚して安心させてくれ」と言われる日々。ある日、お客様の“ご縁”を結ぶ不思議な喫茶店で、癒し系のイケメン店主・響介に出会う。三十歳までに結婚しないと縁結びの力を失ってしまう彼と、崖っぷちの衣都。気づけば「結婚しませんか!?」と衣都から逆プロポーズ！　利害の一致で“かりそめ夫婦”になったふたりだが、お客様のご縁を結ぶうち、少しずつ互いを意識するようになって…。

ISBN978-4-8137-0803-2 ／ 定価：本体600円+税

『明日の君が、きっと泣くから。』　葦永《あしなが》 青《あお》・著

「あなたが死ぬ日付は、７日後です」
――突如現れた死神に余命宣告された渚。自暴自棄になり自殺を図るが同級生の女子・帆波に止められる。不愛想で凛とした彼女は、渚が想いを寄せる“笑わない幼馴染”。昔はよく笑っていたが、いつしか笑顔が消えてしまったのだ。「最後にあいつの笑った顔が見たい…」帆波に笑顔を取り戻すべく、渚は残りの時間を生きることを決意して…。刻一刻と迫る渚の命の期日。迎えた最終日、ふたりに訪れる奇跡の結末とは……!?

ISBN978-4-8137-0804-9 ／ 定価：本体610円+税

『天国までの49日間～アナザーストーリー～』　櫻井《さくらい》千姫《ちひめ》・著

高二の芹澤心菜は、東高のボス、不良で名高い及川聖と付き合っていた。ある日一緒にいたふたりは覆面の男に襲われ、聖だけが命を落としてしまう。死後の世界で聖の前に現れたのは、天国に行くか地獄に行くか、49日の間に自分で決めるようにと告げる天使だった。自分を殺した犯人を突き止めるため、幽霊の姿で現世に戻る聖。一方、聖を失った心菜も、榊という少年と共に犯人を探し始めるが――。聖の死の真相に驚愕、ふたりが迎える感動のラストに落涙必至！

ISBN978-4-8137-0806-3 ／ 定価：本体660円+税

『あやかし宿の幸せご飯～もふもふの旦那さまに嫁入りします～』　朝《あさ》比《ひ》奈《な》希《き》夜《よ》・著

唯一の身内だった祖母を亡くし、天涯孤独となった高校生の彩葉。残されたのは祖母が営んでいた小料理屋だけ。そんなある日、謎のあやかしに襲われたところを、白蓮と名乗るひとりの美しい男に助けられる。彼は九尾の妖狐――幽世の頂点に立つあやかしで、彩葉の前世の夫だった!?「俺の嫁になれ。そうすれば守ってやる」――。突然の求婚に戸惑いながらも、白蓮の営むあやかしの宿で暮らすことになる彩葉。得意の料理であやかしたちの心を癒していくが…。

ISBN978-4-8137-0807-0 ／ 定価：本体600円+税

スターツ出版文庫　好評発売中!!

『婚約破棄されたので、異世界で温泉宿始めます』吉澤紗矢《よしざわさや》・著

妹に婚約者を奪われ、婚約破棄を言い渡された貴族令嬢のエリカ。しかし同時に、温泉好きのOLだった前世の記憶が蘇る。家に居場所がなくなり、さびれた村でひっそり暮らしていたエリカだったが、その村も財源の危機に陥り、村興しのため一念発起。前世の知識を活かし、みんなが癒される温泉宿を作ることに！旅の途中だという謎の美青年・ライも加わり、旅館風の露天風呂付き温泉宿と名物料理を完成させるべく、ドタバタの日々が始まり…⁉異世界ほのぼの温泉奮闘記！

ISBN978-4-8137-0805-6 ／ 定価：本体620円＋税

『陰陽師・榊原朧のあやかし奇譚』御守《みもり》いちる・著

祖父の死から怪奇現象に悩まされる志波明良22歳。幽霊に襲われたところを絶世の美貌を持つ陰陽師・榊原朧に救われる。榊原に除霊してもらった志波だが、高額な除霊料に加え、大事な壺を割ってしまう。借金のかたに彼の下で“シバコロ”と呼ばれ、こき使われるが…。榊原は腕は一流だが、実はかなりのくせ者！そんな榊原の無茶ぶりに振り回されながらも、依頼主たちの心に潜む“謎”を解くため奔走する志波。凸凹コンビは皆の救世主になれるのか…⁉

ISBN978-4-8137-0792-9 ／ 定価：本体590円＋税

『このたび不本意ながら、神様の花嫁になりました』涙鳴《るいな》・著

昔からあやかしが見えることに悩まされてきたＯＬの雅、25歳。そのせいで彼氏には軒並み振られ、職場にもプライベートにも居場所がなかった。しかしある日、超イケメンの神様・朔が「迎えにきたぞ」と現れ、強制的に結婚することに⁉　初めは拒否する雅だが、甘い言葉で居場所をくれる朔との夫婦生活は思いのほか居心地がよく、徐々に朔を受け入れる雅。だがこの夫婦生活には、過去に隠されたある秘密が関係していた…。胸キュン×癒しの“あやかし嫁入り”ファンタジー小説！

ISBN978-4-8137-0793-6 ／ 定価：本体640円＋税

『さよならの月が君を連れ去る前に』日野祐希《ひのゆうき》・著

幼馴染の真上雪乃が展望台の崖から身を投げた。その事実を現実のものと信じることができない、高校二年の連城大和。絶望のなか、大和は一冊の不思議な本と出会い、過去の世界へとタイムリープに成功する。運命を変え、雪乃の死を回避させるべく、ありとあらゆる試みに奔走するが、大和の献身的な努力とは裏腹に、ある日雪乃は驚きの事実を打ち明ける……。最後の賭けに出たふたりに待つ衝撃の結末は⁉　スリリングな急展開に、一気読み必至！

ISBN978-4-8137-0794-3 ／ 定価：本体580円＋税

スターツ出版文庫　好評発売中!!

『君を忘れたそのあとに。』　いぬじゅん・著

家庭の都合で、半年ごとに転校を繰り返している瑞穂。度重なる別れから自分の心を守るため、クラスメイトに心を閉ざすのが常となっていた。高二の春、瑞穂は同じく転校生としてやってきた駿河と出会う。すぐにクラスに馴染んでいく人気者の駿河。いつも通り無関心を貫くつもりだったのに、転校ばかりという共通点のある駿河と瑞穂は次第に心を通わせ合い、それは恋心へと発展して…。やがてふたりの間にあるつながりが明らかになる時、瑞穂の"転校"にも終止符が打たれる…!?

ISBN978-4-8137-0795-0 ／ 定価：本体570円＋税

『ご懐妊!! 2～育児はツライよ～』砂川雨路《すながわあめみち》・著

上司のゼンさんと一夜の過ちで赤ちゃんを授かり、スピード結婚した佐波。責任を取るために始まった関係だったけど、大変な妊娠期間を乗り越えるうちに互いに恋心が生まれ、無事に娘のみなみを出産。夫婦関係は順風満帆に思えたけれど…？育児に24時間かかりっきりで、"妻の役目"を果たせないことに申し訳なさを感じる佐波。みなみも大事だし、もちろんゼンさんも大事。私、ちゃんと"いい妻"ができているの——？夫婦としての絆を深めていくふたりのドタバタ育児奮闘記、第二巻！

ISBN978-4-8137-0796-7 ／ 定価：本体580円＋税

『お嫁さま！～不本意ですがお見合い結婚しました～』西《にし》ナナヲ・著

恋に奥手な25歳の桃子。叔父のすすめで５つ年上の久人と見合いをするが、その席で彼から「嫁として不足なければ誰でも良かった」とまさかの衝撃発言を受ける。しかし、無礼だけど正直な態度に、逆に魅力を感じた桃子は、彼との結婚を決意。大人で包容力がある久人との新婚生活は意外と順風満帆で、やがて桃子は彼に惹かれていくが、彼が結婚するに至ったある秘密が明らかになり…!?　"お見合い結婚"で結ばれたふたりは、真の夫婦になれるのか…!?

ISBN978-4-8137-0777-6 ／ 定価：本体600円＋税

『探し屋・安倍保明の妖しい事件簿』真山《まやま》 空《そら》・著

ひっそりと佇む茶房『春夏冬』。アルバイトの稲成小太郎は、ひょんなことから謎の常連客・安倍保明が営む"探し屋"という妖しい仕事を手伝わされることに。しかし、角が生えていたり、顔を失くしていたり、依頼主も探し物も普通じゃなくて!?　なにより普通じゃない、傍若無人でひねくれ者の安倍に振り回される小太郎だったが、ある日、安倍に秘密を知られてしまい…。「君はウソツキだな」——相容れない凸凹コンビが繰り広げる探し物ミステリー、捜査開始！

ISBN978-4-8137-0775-2 ／ 定価：本体610円＋税

スターツ出版文庫　好評発売中!!

『あの日、君と誓った約束は』　麻沢《あさざわ》奏《かな》・著

高1の結子の趣味は、絵を描くこと。しかし幼い頃、大切な絵を破かれたことから、親にも友達にも心を閉ざすようになってしまった。そんな時、高校入学と同時に、絵を破った張本人・将真と再会する。彼に拒否反応を示し、気持ちが乱されてどうしようもないのに、何故か無下にはできない結子。そんな中、徐々に絵を破かれた“あの日”に隠された真実が明らかになっていく――。将真の本当の想いとは一体……。優しさに満ち溢れたラストはじんわり心あたたまる。

ISBN978-4-8137-0757-8 ／ 定価：本体560円＋税

『神様の居酒屋お伊勢～〆はアオサの味噌汁で～』　梨木《なしき》れいあ・著

爽やかな風が吹く5月、「居酒屋お伊勢」にやってきたのは風の神・シナのおっちゃん。伊勢神宮の「風日祈祭《かざひのみさい》」の主役なのにお腹がぷよぷよらしい。松之助を振り向かせたい莉子は、おっちゃんとごま吉を引き連れてダイエット部を結成することに…！　その甲斐あってお花見のあとも春夏秋とゆっくり仲を深めていくふたりだが、突如ある転機が訪れる――なんと莉子が実家へ帰ることになって…⁉　大人気シリーズ、笑って泣ける最終巻！ごま吉視点の番外編も収録。

ISBN978-4-8137-0758-5 ／ 定価：本体540円＋税

『満月の夜に君を見つける』　冬野《ふゆの》夜空《よぞら》・著

家族を失い、人と関わらず生きる高1の僕は、モノクロの絵ばかりを描く日々。そこへ不思議な雰囲気を纏った美少女・水無瀬月《ゆえ》が現れる。絵を前に静かに微笑む姿に、僕は次第に惹かれていく。しかし彼女の視界からはすべての色が失われ、さらに“幸せになればなるほど死に近づく”という運命を背負っていた。「君を失いたくない―」彼女の世界を再び輝かせるため、僕はある行動に出ることに…。満月の夜の切なすぎるラストに、心打たれる感動作！

ISBN978-4-8137-0742-4 ／ 定価：本体600円＋税

『明日死ぬ僕と100年後の君』　夏木《なつき》エル・著

やりたいことがない“無気力女子高生”いくる。ある日、課題をやらなかった罰として1カ月ボランティア部に入部することに。そこで部長・有馬と出会う。『聖人』と呼ばれ、精一杯人に尽くす彼とは対立ばかりのいくるだったが、ある日、有馬の秘密を知り…。「僕は、人の命を食べて生きている」――1日1日を必死に生きる有馬と、1日も早く死にたいいくる。正反対のふたりが最後に見つける“生きる意味”とは…？魂の叫びに心揺さぶられる感動作‼

ISBN978-4-8137-0740-0 ／ 定価：本体590円＋税

書店店頭にご希望の本がない場合は、書店にてご注文いただけます。